大魚讀品
BIG FISH BOOKS

让日常阅读成为砍向我们内心冰封大海的斧头。

寂静旅馆

[冰岛] 奥杜·阿娃·奥拉夫斯多蒂　著

黄可　马城　译

四川文艺出版社

本中文译本根据 Catherine Eyjólfsson 法译本及 Brian FitzGibbon 英译本译出。

献给所有不为人知的受害者：

护士、教师、服务员、诗人、学童、图书馆员、电工。

也献给 J。

疤痕的形成是生物学进程中的一个自然过程，发生在皮肤遭受损害后的愈合之时，抑或是在意外事故、疾病或是外科手术之后长出新的人体组织之时。由于人体无法精确再造损伤之组织，所以新组织之肌理及特性与周围未受损害处不尽相同。

"肚脐是我们的中点，我们的核心之所在，甚至我们可以说它是宇宙之中心。它是一个不再有用途的疤痕。"

（www.bland.is）

5 月 31 日

　　我很清楚自己裸露的时候看起来有多么滑稽古怪，但我还是脱掉了衣服。我先是脱掉裤子和袜子，然后解开衬衫的纽扣，展露出粉色肉体上那朵耀眼的白色睡莲，它躺在我左侧的胸膛上，与那团每天要泵出八千公升血液的肌肉，只有半把刀子的距离，最后我脱掉了内裤。大家都按这个顺序脱。这花不了太多时间。我现在已经赤裸站在木地板上，面对着一个女人。是神创造了我的这般模样，如今已有四十九年零六天，而我的思绪在这一刻却未曾向着神。我和那个女人之间隔了三块木板的距离，这些都是从附近森林里砍伐来的松木，这种红松在被开采的矿山上到处都是。不用理会那些空隙，每块木板有三十厘米宽，我伸出手朝她的方向摸索着，就像正在寻找方位的盲人。我先是触碰到她肉体的外在之物，她的肌肤。窗帘的缝隙间透进来一丝月光，轻抚着她的背。她向我走了一步，我往前走，木地板咯吱作响，此时她也伸出手，把她的手掌贴在我的手掌上，生命线贴着生命线。我旋即察觉自己的动脉中血流汹涌，我的膝盖和胳膊迎来一阵悸动；我感觉到血液在所有的器官中奔腾。

寂静旅馆 11 号房间，床铺之上的壁纸带着树叶的花纹，我心想，明天我要给木地板抛光打蜡。

第一部

肉 体

皮肤是人体最大的器官。一个成年人的皮肤面积大概是二平方
米,重量大概是五公斤。当我们谈及其他脊椎动物时,"皮肤"通常
说的是兽皮或毛皮。在古冰岛语中,"皮肤"一词也可指代肉体。

5月5日

　　特里格威的文身房里，桌子上摆放着装有各种颜色墨水的玻璃罐，年轻的文身师问我是从已有的图片中选一张，还是要自己想一个图案或者符号。

　　他自己全身布满了文身。我观察到他脖子上的蛇样图案，那条蛇紧紧缠住一个黑色骷髅。墨水顺着他的胳膊往下蔓延，经过随着文身机针头一起一伏跳动的肱三头肌。

　　"许多人来到这里是为了遮掉皮肤上的伤疤。"文身师盯着镜子对我说。当他转过身时，我能隐约看到他的背心之下，一匹即将立地飞跃的骏马扬起马蹄。文身师将一堆折叠的塑料文件夹打开，从中取出一块，眼睛扫着上面的图案，精心为我挑选。

　　"翅膀图案是中年男人的心头好。"我一边听他讲，一边观察他另一条胳膊上一个四剑同刺焰心的文身。

　　在我身上一共有七处伤疤，以肚脐作为原点，四处位于肚脐上方，三处位于下方。如果文上一只鸟的翅膀，从肩部开始，穿过脖子直到锁骨，就能够盖掉其中两处甚至三处。就像一个彼此知根知底且相处起来轻松舒服的旧相识，那只丰满的羽翼将覆盖我的内心，成为我的庇护与堡垒。油墨画成的翅膀亦将保护我那因暴露在外而脆弱不堪的粉红色肉体。

那个年轻人轻轻翻着图册，向我介绍各式各样的翅膀图案，最后用他的食指指着其中一张说："老鹰翅膀是最流行的图样。"我猜，在他看来似乎每一个男人都有一个关于雄鹰的梦想——孤独地滑过天空，翱翔在高山流水和沼泽泥潭之间，搜寻自己的猎物什么的。

但他只说了句："你可以慢慢考虑。"

然后他跟我介绍坐在窗帘那一侧的另一位客人。那位客人坐在椅子上，即将完成他的国旗文身——几乎可以看到国旗迎风飘动的身影。

他压低自己的嗓音："我跟他说过了，一旦他胖个两公斤，旗杆就会弯掉，但他坚持要文国旗。"

我打算在妈妈睡觉前去看看她，所以这个事情得越快越好，我拿定了主意。

"我想文个钻机。"

虽然对我的选择感到意外，但他并没有表露什么，只是很快在他的文件夹里找起来。"应该可以找到钻机的，在某个地方，应该是在电器这一边。"他说，"比起上个星期有个顾客要求文一台四轮越野车，这可要简单得多了。"

"算了，"我说道，"我开玩笑的。"

他盯着我，气氛凝结起来，我难以判断他是否被冒犯到了。我迅速地从口袋里掏出一张折起来的纸，然后把它展开，递给他。他把那张纸朝各个方向转了转，最后拿到灯光下。这一次我真的让他感到相当意外，他的脸上写满了困惑。

"这是一朵花，还是……"

"一朵睡莲。"我毫不迟疑地说道。

"就一种颜色？"

"就一种颜色，白色，而且不要阴影。"

"也没有任何文字？"

"嗯，没有任何文字。"

他把文件夹都推到一边，说自己可以徒手画出睡莲，而且现在就可以直接拿起针开始干活儿。

"你想文在什么地方？"

当我开始脱下衬衣要给他展示心脏附近的位置时，他把文身机的针头浸入一瓶白色的液体中准备。

"得先把这些毛剃掉，"他一边说着，一边关掉了文身机，"不然，你的这朵花会消失在森林的阴影里。"

国家，是大家慢性自杀而称之为"生命"的地方①

　　前往养老院最快的路线就是从墓地里穿过。

　　我经常幻想在 5 月结束自己的生命，在以数字 5 结尾的某一天，不是 5 月 5 日，就是 5 月 15 日，或者 5 月 25 日。5 月也是我出生的月份。湖里的野鸭刚刚过了交配的时节，同美洲鹬和紫滨鹬一起，没日没夜地在春日里歌唱。我期待在这个春天之后，我将不复存在于人世。这个世界将会怀念我吗？我想不会。没有我，世界会缺点什么吗？也不会。没有我，世界将继续存在吗？是的。世界因为我的到来而变得好一点了吗？没有。我可以做点什么来让世界变得更好一点吗？我想没有。

　　走在什克索斯维嘉尔大街上，我一路思考如何向我的邻居斯瓦纽开口借一把猎枪。这会像借一块接线板那样简单吗？但 5 月初又有什么动物能作为捕猎的对象呢？不可能是金斑鸻，金斑鸻可是春天的使者，刚刚才回到岛上；也不可能是那些正在孵卵的鸭子……

～～～～～～～～～～～～～～～～～～～～～～～
　　① 语出尼采《查拉图斯特拉如是说》。

我是不是可以跟他说，我想射下那些整日吵闹不休、扰得我难以入睡的黑色海鸥？但我居住在市中心居民区顶层的公寓里；如果我说是为了保护那些雏鸭，斯瓦纽毫无疑问会起疑心……再说了，斯瓦纽知道我对打猎一窍不通。尽管我曾经站在荒野里冰冷的河流之中，寒冷就像一堵黏湿厚重的墙压在我的身上，我的长靴底下满是细碎的石块；我能察觉到湍急的河水在拉扯着我，河床仿佛正在坍塌消失，我望进那凝视着我的旋涡之中，自始至终却没有开过一次枪。最后一次钓鱼，我带回了两条鲑鱼，我把它们切成条，和种在阳台上罐子里的细葱一块儿炒了。而且自从斯瓦纽试图带我去电影院看《虎胆龙威 4》之后，他就知道我对暴力深感恐惧。在 5 月时节，我们究竟可以朝什么开枪，自己吗？或者朝另外一个人类来一枪？斯瓦纽对这一切都了如指掌。

　　话虽如此，事实上，斯瓦纽不是那种爱问东问西的人，他也从不窥探别人的内心世界。他既不会对着月亮吟诗作词，也不会朝着北极光作鸿篇大论。像"人类知识的至高境界犹如彩虹般绚烂"这样的话永远不会从他口中说出。即使借着天空的色彩，他都没法稍稍赞美一下厄伊罗蕾①——他的妻子。提起天空的色彩，望见黎明破晓时玫瑰般的粉红色彩，他也不会说："你看，这就是你的名字。"哪怕厄伊罗蕾已经跟他提起了天空，他也不说。在家务活儿方面，他们亦有着明确的分工。清晨的时候她负责叫醒他们的儿子，作为

---

① 厄伊罗蕾（Aurore），原义为朝霞、晨曦。

交换，他得带那条年迈的边牧犬去散步，它已经十四岁了，总是一瘸一拐地走在他跟前。显然，斯瓦纽对这件事没有表露出任何的情感。他把枪递给我，哪怕他知道我要给自己来一枪，也只是说了一句：这是一把被改造过的雷明顿 40-XB，不过枪管和扳机都是原件。

**肚脐是脐带剪断之后留在人体腹部的第一块伤疤，
婴儿出生后，脐带被钳住、剪断，
母亲与婴儿之间的连接也就此断开，
因而，人生的第一块伤疤与母亲密切相关**

公园草地上的长椅沐浴在冬日的寒阳中，老人们裹着羊毛毯，佝偻着坐在那里，附近是两两结对的鹅群。只有一只鹅除外，它一动不动地蜷缩在鹅群之外，即使看到我径直从它面前走过，它也只是向后曲着一只翅膀，明显是受了伤。这只受伤的鹅在失去同伴的同时也失去了繁育后代的可能。这是神给予我的话语，但我并不信仰他。

妈妈躺在摇椅里，她的脚没有落到地上，拖鞋太大了，随着她骨瘦如柴的小腿一晃一晃。她变得干瘪，就要皱缩得一无所有；她的肉体仿佛已经不再存在，轻得像一根羽毛，由那塑料般的骨骼和零星的肌肉支撑着。看着妈妈，我脑海中浮现出的是整个冬天都暴尸在荒野中的死鸟，空荡荡的骨架，在风吹雨打之后，最终化作一抔生着爪子的尘土。难以想象这样一个骨瘦如柴、个头还不及我肩膀高的小妇人，曾拥有怎样一副女性的身体。我认得那条她会在特殊场合穿的裙子，裙子的腰部已经变得松弛，对她来说整条裙子都太大了——她的衣物属于曾经的生活，属于另一个时代。

我不想像妈妈这样终此一生。

空气里飘着一股气味。我从肉丸和卷心菜冒出的热气中穿过，餐车在走廊里行进，上面有个装甘蓝沙拉的盆子，还有只剩一半的大黄①酱。餐具叮当作响，工作人员的声音忽高忽低，他们一会儿试图压低嗓音，一会儿又为了让老人听清楚而不得不抬高嗓门。

房间里没有多余的空间放置其他家具，但有一架风琴靠在墙边。作为一名曾经的数学老师、风琴手，她被允许把这架风琴留在身边，尽管她再也不会去演奏它了。

床边有张书柜，从那上面可以一窥我母亲的兴趣所在：世界大战，尤其是"二战"。书架上相邻摆着拿破仑·波拿巴和匈奴王阿提拉的故事；关于朝鲜战争和越南战争的书则被挤在两卷本皮革封面大部头之间：《第一次世界大战》《第二次世界大战》。

我的来访就像刻在墙上的日常仪式，她问我的第一件事是我有没有洗手。

"你洗手了吗？"

"洗了。"

"如果只是随便冲一下是不够的，你得把手在水龙头下搓洗三十秒。"

一时间我感觉自己仿佛还在襁褓之中。

我身高一米八五，最后一次爬上体重秤——在游泳池的更衣室

---

① 此处指食用大黄（rhubarb），其茎部果胶含量丰富，味酸甜可口，传入欧洲后成为常见甜点原料，尤受北欧居民欢迎。

里——体重是八十四公斤。她自己可曾想过，眼前这个大块头男人曾经在她的身体里待过？我是在什么地方被孕育的？很可能是在那张老旧的双人床上，那是一整套桃花心木床具，带一个床头柜。那也是公寓里最大的家具，宛若一艘庞大的船。

一个女服务生端走餐盘。妈妈似乎对餐后甜点提不起食欲，只用了一些奶油李子布丁。

"这是约纳斯·埃贝内瑟尔，我儿子。"我听见妈妈说道。

"是的，我想你昨天已经跟大家介绍过了，妈妈……"

那女孩什么都没想起来，前一天她并不在这儿。

"约纳斯的意思是'白鸽'，埃贝内瑟尔指的是'有用的人'，是我选的名字。"妈妈继续说道。我心里想，没准我该去特里格威的文身工作室，让他在睡莲边上再文一只白鸽，然后就有两只白鸽——我和那只鸟儿，身上都有灰灰的毛发。

我希望那女孩能在妈妈再一次讲起我出生时的事情之前消失。但她没有离开，因为她把餐盘放下了，开始整理起餐巾来。

"生你要比生你哥哥难得多，"这是妈妈接下来说的话，"因为你的头太大了，就好像你的前额上长了两个角，额头上凸起来两块，"她解释道，"像个小牛犊。"

那女孩看着我，我知道她正在对比我和母亲的长相。

我朝她露出笑容。

她也笑了。

"你们身上的气味也不一样，你和你哥哥闻起来不一样，"妈妈坐在扶手椅里，继续说，"你身上有泥土的味道，闻起来又冷又湿，你的脸颊也冷冰冰的，嘴唇没什么血色，你回到家里的时候手背上还有猫的抓痕，花了好些时间才痊愈。"

她停了下来，仿佛在寻找下一帧画面的线索。

"我的宝贝十一岁时写了篇关于土豆的文章，还给它拟了个标题叫《地球母亲》。那篇文章是在写我——"

"妈妈，我觉得别人不一定会对这种事情有兴趣……不好意思，你叫什么名字？"

"蒂尔娅。"

"我不觉得蒂尔娅会对这个故事感兴趣，妈妈……"

不过正好相反，那女孩似乎对妈妈讲述的故事很感兴趣。她靠在门上，感同身受地点着头。

"真是难以置信啊，你瞧瞧现在这个魁梧的大男人，真难想象他其实很腼腆。"

"妈妈……"

"如果在花园里发现一只翅膀受伤的鸟儿，他会落泪的……他是个真正感情丰富的人，总是因为人们无法坦诚相处而忧伤……他小时候说过：等我长大了，我要让世界变得更好……因为这个世界已经遭受了很多苦难，因为世界需要得到关照……我的小宝贝那么热爱黄昏……当暗影落下来的时候，他会躺在窗户下的地板上，看着天空上的云朵……充满诗意……他会把自己关在房间里演木偶剧……那些木偶是用弄湿的报纸做的，他给它们上色，为它们缝制衣服；他总是会锁上房门，连钥匙孔都用纸巾堵住……到了青春期的时候，他仍然忧虑着这个世界……他说：除非我坠入爱河，不然我是不会结婚的……然后他爱上了居德伦，她是个护士，病房组长，后来也当上了助产士，还去学了管理……"

"妈妈……"

闷热的房间里密不通风，我有点儿喘不过气，便径直走到窗边望向庭院，窗棂上挂着一束上个圣诞节留下来的灯串，正闪烁个不停。我站在窗前。为了不让冷风钻进房间，窗户被锁得死死的。上面的窗帘是我们居住在希尔菲通时妈妈卧室里挂着的那面，她将窗帘带到这边，裁短了一些。我记得那个样式。从房间的窗户可以看到，每天都有灵车驶入院子，它装好了每日的货物，然后离开这里。

"我亲爱的居德伦·莲是在 5 月末的纯净自然中孕育的，她脸上微小的雀斑就像金斑鸽蛋壳上的斑点。她主修海洋学，有一个说唱歌手男朋友，那男孩喜欢大嚼烟草，戴耳钉，不是那种普通的耳钉，而是在耳垂上有个巨大的穿刺，一个管筒般的耳环就卡在那上面。他是一个来自埃斯基菲厄泽附近渔村的血性男孩，他奶奶去世的时候，他在那张床边守了一整夜……"

"妈妈，我们都明白……"

"有些人永远都不能从被抛弃的伤痛中恢复过来……"

"她说的你别全信。"我说着，打开了窗户。

随后，我们觉得她要继续说下去了，但她并没有想起来自己要说的话，她停在那里就像是一架突然断了信号的传声机。有那么一瞬间，她迷失在另一个世界的时空，漫游在一片模糊不清的景象中，企图找到一颗引路的星星。她像是一个误入歧途的少女，正用蒙盖了迷雾的眼睛环视着房间，沟壑纵横的脸庞上逐渐浮现起过去的颜容。

那女孩悄悄离开房门，妈妈在调整她的助听器，想要听到我的声音，从而回归当下的世界，调到当下的频道。我站在书柜边上，浏览着架子上的书名：托尔斯泰的《战争与和平》、海明威的《永别了，武器》、埃里希·雷马克的《西线无战事》、埃利·威塞尔[1]的《夜》、塔德乌什·波罗斯基[2]的《女士们先生们，毒气室这边请》、威廉·斯泰隆[3]的《苏菲的选择》、凯尔泰斯·伊姆雷[4]的《命运无常》、维克多·弗兰克[5]的《活出意义来》，以及普里莫·莱维[6]的《这是不是个人》。

我从书架上抽出一本保罗·策兰[7]的诗集，翻到了《死亡赋格》："我们在夜里喝 / 我们喝呀喝。"

我把诗集放进自己的衣袋，然后拿了本《第一次世界大战》。

---

[1] 埃利·威塞尔（Elie Wiesel, 1928—2016），美国籍犹太裔作家、政治活动家，出生在罗马尼亚，曾于1986年获诺贝尔和平奖。《夜》系其第一部作品，记述了他于大屠杀期间在集中营的经历。

[2] 塔德乌什·波罗斯基（Tadeusz Borowski, 1922—1951），波兰作家、记者，奥斯维辛集中营幸存者。

[3] 威廉·斯泰隆（William Styron, 1925—2006），美国小说家，曾获普利策奖。《苏菲的选择》一书使其享誉全球，该书描写了大屠杀幸存者的故事。

[4] 凯尔泰斯·伊姆雷（Kertész Imre, 1929—2016），匈牙利犹太作家，奥斯维辛集中营幸存者，2002年诺贝尔文学奖得主，《命运无常》系其以集中营生活为背景的首部小说。

[5] 维克多·弗兰克（Viktor Frankl, 1905—1997），奥地利神经学家、精神病学家，犹太人大屠杀幸存者。

[6] 普里莫·莱维（Primo Levi, 1919—1987），意大利作家、化学家，奥斯维辛集中营幸存者。

[7] 保罗·策兰（Paul Celan, 1920—1970），法国籍布科维纳（原属奥匈帝国，现属乌克兰）诗人，1948年定居巴黎，系第二次世界大战之后最重要的德语诗人之一。

　　"自打你离开娘胎，世间已有五百六十八起战争。"妈妈坐在躺椅中说道。

　　我始终难以确定妈妈何时跟我处于同一频道，她的神志就像电流一样，摇晃不定——确切来说，更像是一支摇曳的蜡烛，就在我认为它已经熄灭的时候，冷不丁又冒出火光。

　　那个女孩离开以后，我扶妈妈躺到床上。她穿着拖鞋，我从胳膊处扶着她，踩在浅绿色的地毯上。她有多重呢？四十公斤？感觉不费吹灰之力就能将她击垮，一阵微风，甚至一口呼气都能将她吹倒。我将两只绣花靠垫拿开，在她床边坐了一会儿。妈妈躺在床上，全身盖得严严实实。我买给她的香水放在床头柜上，那款香水名为"永恒此刻"，妈妈希望自己去世之后，我能在她的耳后喷一点香水。她握住我的手，双手青筋凸起，世故沧桑全写在手背上。她的手指甲每周都要修剪一番。

　　上初中时，妈妈辅导我的数学课程，她一度认为数学对所有人来说都是小菜一碟。

　　"解方程简直易如反掌。"她说。

　　然后她跟我讲解如何不借助计算机去解开平方根："平方根$\sqrt{2}$就是说一个数字跟自身相乘两次就能得到数字2，因此我们只需找出一个未知数x，而这个$x^2=2$就好。可以看到这个x在1.4和1.5之间，因为$1.4^2=1.96<2$，而$1.5^2=2.25>2$。所以，接下来的步骤就是把范围精确到小数点后两位，即1.40、1.41、1.42……一直到1.49。又因为$1.41^2=1.9881<2$，而$1.42^2=2.0164>2$，这就意味着2的平方根要在 1.41 和 1.42 之间寻找。"

"他们已经在谈判休战了吗？"她躺在床上问我。

她每周都要剪一次头发，春日的阳光从西面窗子洒进房间，照在她美丽的浅紫色头发上，像照着一团毛茸茸的小球。

"在第二次世界大战中，有六千万人丧生。"她接着自己前面的话。

跟妈妈对话不同于其他人。我们很能聊得来，我可以在她身上感受到另一个鲜活的生命散发出的温度。我觉得她懂我，每次都能够直接说到点上。

"我心情很差。"我告诉她。

她轻拍我的手背。

"人人都有自己的仗要打，"她说道，"拿破仑被自己流放，而约瑟芬①在婚姻中又是如此孤独，就像我一样。"

书架顶上是一排相框，其中大多数是我女儿莲在不同年龄段的照片。有两张是我的，还有两张是我哥哥洛吉的，都非常具有代表性。有一张是我四岁时的照片，我站在一把椅子上，搂着妈妈的脖子。她穿了一件浅蓝色的毛衣，涂了红色的口红，还戴了一串白色的珍珠项链。我留着寸头，就像一只小刺猬，一只胳膊缠着绷带吊在胸前。这是我能记起的最早的事情，他们当时在想办法将我的胳膊固定回原位。妈妈站在我的手臂旁边。我们在庆祝什么事呢？是

---

① 约瑟芬·博阿尔内，拿破仑·波拿巴的第一任妻子，法兰西第一帝国的第一任皇后，以美貌、才智以及出众的交际能力著称，后因无法生育于 1809 年与拿破仑离婚。

她的生日吗？我盯着照片，直到看见背景处一棵圣诞树时才反应过来。这张照片已经有四十五年历史了，照片上男孩的表情是如此天真烂漫、可爱无邪。

另一张照片是抓拍的。我微张着嘴巴，一脸困惑地看着镜头，像是刚被一个陌生人叫醒，似乎初生到这个世界，还来不及适应。那是一个用柚木和花卉图案的壁纸做成的小小世界，除此之外，世界于我而言不是黑色就是白色，就像电视屏幕一样。

我最后一次尝试着跟她对话。

"现在的我，不知道自己究竟是谁，我一无是处，也一无所有。"

"你的父亲没有活到伊朗战争，也没有活到伊拉克战争、阿富汗战争、乌克兰战争、叙利亚战争……他没有目睹民众抗议建立卡兰尤卡尔水电厂，也没有见到米克拉布劳特高速公路拓宽工程……"

妈妈够到床边的桌子，抽出几支红色的口红。

随后我又听到她一下子陷入萨迦传说①中挪威王们的故事里：

"……好人哈康②、蓝牙王哈拉尔德③、八字胡斯温④、克努特大帝⑤、

---

① 萨迦，英文 Saga，冰岛语中意为"话语"，盛行于北欧地区的民间口传故事，包括神话和历史传奇，以家族故事和英雄传说为主。
② Haakon Athelstan，哈康一世，绰号"好人哈康"，挪威国王（约 934—961 年在位），系金发王哈拉尔德的儿子，血斧王埃里克的同父异母兄弟。
③ Harald Bluetooth，蓝牙王哈拉尔德，即哈拉尔德一世，绰号"蓝牙"，系 10 世纪的丹麦国王。
④ Sweyn Forkbeard，"八字胡斯温"，丹麦国王（约 985—1014 年在位）、英格兰国王（1013—1014 年在位）、挪威国王（1000—1014 年在位），系"蓝牙"哈拉尔德一世之子。
⑤ Cnut the Great，克努特大帝，在父亲八字胡斯温去世之后继承王位，对英格兰、丹麦、挪威及部分瑞典进行统治，其辖境享有"北海帝国"之称。

金发王哈拉尔德[1]、血斧王埃里克[2]、奥拉夫一世[3]……" 她连珠炮似的背诵。

她逐渐激动起来，并告诉我，她正在忙碌。

"我这会儿有点忙，宝贝。"

新闻即将开始。妈妈半坐起身，打开收音机，努力搜寻新闻评论关于当日战争的内容，之后她又躺下，竖起耳朵收听当天的讣告和葬礼通告……

最后，我离开的时候，给急救热线打了一通电话，告诉他们养老院里有一只伤了翅膀的鹅。

"一只公鹅，" 我告诉他们，"孤零零一只，没有任何伴侣。"

之后我一直在想，海明威不就是用自己最爱的那把来复枪自杀的吗？

---

[1] Harald Fairhair，金发王哈拉尔德，即哈拉尔德一世，系首位统治整个挪威地区的国王。

[2] Eric Bloodaxe，血斧王埃里克，曾短暂登上挪威王国的王座，金发王哈拉尔德之子。

[3] Olaf Tryggvason，奥拉夫一世，绰号 "赤膊王"，挪威国王（995—1000 年在位），据传，奥拉夫一世是金发王哈拉尔德的曾孙。

……发自男子气概的怀疑主义，
跟对于战争和征服的狂热有关

　　文身室里的年轻人告诉我，应该做好心理准备，因为接下来的日子里，我的皮肤将会持续疼痛一段时间，发红发痒甚至出疹子。如果出现皮肤肿胀、高烧等症状，我可能需要服用一些抗生素，情况严重时甚至需要进急诊室。他也告诉我，倘若只是出现一些轻微的症状，就不必过分担心。

　　我从妈妈那边回来，斯瓦纽正在擦洗他的欧宝汽车，那辆大篷车停在门前的车道上。他穿着凉鞋和一件橘色夹克，衣服上还有他几年前供职的那家轮胎公司的标志。他到钢腿有限公司工作之后，我们才互相认识；不过，也多亏了斯瓦纽，我才能在这条街上找到顶层的空置公寓，就在他和厄伊罗蕾的住处对面。除此之外，我们并无过多交流。那段时间他刚做完腰椎间盘突出手术，正待在家里静养。他称我们是两个"居家主夫"。

　　斯瓦纽在人行道上放了两把折叠椅，看着像是要招待什么客人。他招手让我过去。

　　我有一种感觉：我的邻居今天一直在关注着我。早上我出门时，他就带着他的狗在垃圾桶附近走来走去，眼睛看着我家前门。

在过去的短短几天内，他拜访我的次数高于平时几倍。他先是来跟我借一种特殊尺寸的扳手，又来把扳手还给我，还请我帮他把新买的冰箱搬到那辆大篷车上，然后告诉我他最想做的事，又跟我聊到了最近占据他整个大脑的两件事：机动交通工具以及女性在世界范围内的地位。他极力想把这两个有意思的话题结合起来。斯瓦纽随手拉过一把折叠椅，示意我坐下。我没有动，但跟我的邻居聊了起来。

"人们总是没能好好关心他们的汽车，"这是他跟我讲的第一句话，"我们居住在一座被海水包围的岛上，因此海水会不断地侵蚀汽车底盘。所以对自己的车，如果只是一年喷一次漆、换一次油是完全不够的，你得定期保养。光是漆就要喷三层，其间还得不断擦洗。洗车房员工们给你用的简直就是垃圾。"

他斜躺在另一把折叠椅里。

"有些人能用破损的轮胎将就好多年，然后等到整个车轮都废了才去更换。"

斯瓦纽并不是在跟我交流，而是看都不看我一眼就在那边自言自语，他眼睛盯着其他地方，仿佛在我旁边，真正跟他对话的另有其人。

"如果你能意识到世界范围内妇女的境遇如何，那你必会因身为男性而感到羞耻。"斯瓦纽继续开腔。

他坐在椅子上向前欠了欠身子，两腿叉开，手肘抵在膝盖上。

接着斯瓦纽介绍了一些国外电视频道，还有他看过的关于女性割礼的纪录片，以及眼下那些关于女性与战争的事情，还有它们的来龙去脉。

"你有一个女儿对吧……"

"嗯。"

"你知道女性做了世界上 90% 的工作，却只占有世上 1% 的资产吗？与此同时，男性又在做什么呢？"

他没有等我回答就继续说：

"他们整日游手好闲，喝得酩酊大醉，又四处发动战争。"

他将他那双铁匠一般的大手举到面前，手指上都是机油。

"那么你知道每个小时有多少女性被强奸吗？"

"你是说世界范围内？"

"是的，全世界范围内。"

"不知道。"

"一万七千五百人。"

我们都陷入沉默。

一会儿他又开始讲。

"明天是星期二，5月6日，你知道有多少女性将因为生育而死去吗？"

"不知道。"

"大概有两千人。"

他深吸了一口气。

"而且，如果生育还不足以夺走她们生命的话，她们还得忍受强制的婚姻。"

他取下自己的眼镜，那副瓶底厚的眼镜已经许久没打磨过了。他又提起自己的近视和散光，说如果他取下自己的眼镜，对面海湾上火山的轮廓就会变得模糊不清。这是他第一次盯着我看。

"我们应该惭愧，我们对于这一切了然于胸，却无能为力。"

花园里有一群小鸟，它们从屋顶排水管道下面蹿出，打个转又立马消失得无影无踪。我站起身，斯瓦纽说烤箱里有美式巧克力蛋糕，问我想不想去他家品尝一下。

"是贝蒂·克劳克牌子的，"他加了一句，犹豫了一下又说，"厄伊罗蕾最近在戒麸质食品。"

我们便去了斯瓦纽家里品尝蛋糕。

斯瓦纽说他刚刚将蛋糕放入烤箱，还得稍微等一会儿才能好。

我思考了片刻。我已经跟他借了猎枪。

"对于男人来说，能跟什么人倾诉一下是好事。"他说。

我告诉他我一会儿就回来。

我需要先回到自己的公寓里，搞清楚一些事情。

生命是一抹水彩，
于我而言，铅墨都已褪尽

　　早晨，透过厨房的窗户，远处的山脉上半部分隐约可见，还有那片绵延不绝、冷冽泛绿的海水。山脉消失在一栋正在修建的高楼背面。

　　我打开电脑，用谷歌搜索那些自杀的作家，这一主题下跳出来的页码着实让我惊讶。我永远不曾想过竟然有如此多的男作家和女作家，在生命的某一刻决定结束自己的生命。我的记忆没错：《太阳照常升起》和《有钱人和没钱人》这两部小说的作者，的确是用自己最喜爱的来复枪自杀的。

　　我无须花费多少时间就能证明自己的其他猜想，即大多数男作家是用开枪的方式了结自己，不过这在那些有持枪权的地区更为常见。我翻了一页，看到有个短故事是说一个作家在滑雪的坡道上开枪自杀，鲜血染红了整个滑坡。还有一个故事是说，一个三十岁的诗人，先是开枪杀死了他的情人，然后自杀。人们在巴黎一家旅馆的房间找到他时，发现血液已经浸到了他的脚趾处，而他的脚底文了一个十字架。很少有人跳窗自杀，不过从桥上跳河自杀的大有人在，其中有一些河本身就是远近闻名的，比如塞纳河。保罗·策兰——我从妈妈的书架上拿下、揣在口袋里的那本诗集的作者，就是在塞纳河自杀的众多作家之一。罗马诗人佩特洛尼乌斯①划破自己的手腕，又用绷带包扎伤口，为的是推迟死亡时间，好能听见朋友们向他背诵关于生命的诗。安眠药也扮演了十分重要的角色——它能够让人在旅馆的房间中睡得比平时更久，直至永远不再醒来。

　　我注意到女作家采取的自杀方式迥然不同，主要是在厨房里开煤气自杀，或者喝两杯伏特加，然后在密封的车库里焚烟窒息。

　　我也注意到，女作家还喜欢留下告别信。她们或多或少写下几行字：*致我的爱人，来自他的妻子*，然后告诫自己：*于我而言，生命是一抹水彩，铅墨都已褪尽。*弗吉尼亚·伍尔夫②留了一封情书给她的丈夫，然后用石头装满口袋，走进欧塞河中。*我不觉得两个人会更幸福*，她写道。其他人的告别信就相对简单，比如那位从墨西哥湾的船上跳下去的诗人，只是喊了一声：*再见，世人！*

　　让我印象深刻的是，这些男作家和女作家都比我年轻，有的甚至比我年轻将近二十岁。一个人三十岁前后的这些年岁是最难挨的。有人在三十二岁了结自己的生命，也有人在三十三岁，他们都是小

① 佩特洛尼乌斯（Petronius, ?—65），古罗马诗人和作家，代表作《萨蒂里卡》，后因被指控参加阴谋活动而自杀。
② 弗吉尼亚·伍尔夫（Virginia Woolf, 1882—1941），英国作家、文学批评家和文学理论家，意识流文学代表人物，代表作《远航》《达洛维夫人》《到灯塔去》等，被誉为20世纪现代主义与女性主义先锋。1941年3月28日，因忧虑自身的精神疾病再次发作，用石头填满口袋，投入欧塞河中自尽。

说家，也有一个画家在三十四岁自杀，马雅科夫斯基①活到了三十六岁，帕韦塞②四十一岁自杀。步入三十七岁是相当艰难的，不是每个人都能够跨过这个坎儿。音乐家就更年轻了：布莱恩·琼斯③、吉米·亨德里克斯④、科特·柯本⑤、艾米·怀恩豪斯⑥，还有吉姆·莫里森⑦都只活到二十七岁。我已经错过了一个艺术家的自杀时机。

但其他的条件我均已满足：

即将四十九岁

男性

离婚

异性恋

① 弗拉基米罗维奇·马雅科夫斯基（Влади́мир Влади́мировичМаяко́вский, 1893—1930），苏联诗人、作家，代表作《列宁》《穿裤子的云》《城市大地狱》《宗教滑稽剧》等，1930 年 4 月 14 日开枪自杀。
② 切撒尔·帕韦塞（Cesare Pavese, 1908—1950），意大利新现实主义代表诗人、作家，生性忧郁、内向，代表作《疲倦的劳动》《你的家乡》《月亮与篝火》等，1950 年 8 月 27 日于都灵一家旅馆自杀身亡。
③ 布莱恩·琼斯（Brain Jones, 1942—1969），英国著名摇滚乐队滚石乐队（The Rolling Stones）的创建者之一，有"靠直觉演奏的天才吉他手"之称，后因醉酒溺死在游泳池中。
④ 吉米·亨德里克斯（Jimi Hendrix, 1942—1970），美国吉他手、歌手，代表作《嘿，乔》《你可曾经历?》等，被认为是摇滚乐史上最伟大的电吉他演奏者。1970 年 9 月 17 日，因服用过量迷幻药致死。
⑤ 科特·柯本（Kurt Cobain, 1967—1994），美国著名摇滚乐队涅槃乐队（Nirvana）主唱兼吉他手，1994 年 4 月 5 日，因不堪忍受长期的胃痛、迷幻药以及商业运作压力，在位于西雅图的家中开枪自杀。
⑥ 艾米·怀恩豪斯（Amy Winehouse, 1983—2011），英国歌手，代表作 Back To Black，获得第 30 届全英音乐奖最佳女歌手奖以及第 50 届格莱美奖年度最佳唱片、年度最佳歌曲、最佳新人、最佳流行女歌手等大奖，是首位获得五项格莱美奖的英国歌手。2011 年 7 月 23 日，因饮酒过度而在公寓中身亡。
⑦ 吉姆·莫里森（Jim Morirson, 1943—1971），美国艺术家、诗人、摇滚歌手，著名摇滚乐队门户乐队（The Doors）主唱，代表作《等待太阳》《结局》等，1971 年 7 月 3 日，在法国巴黎，因酗酒死于公寓里的浴缸中。

无权无势

没有性生活

没有体面的工作

伤疤是伤口周边的不正常皮肤组织

斯瓦纽只穿着袜子和那件印有"坏事有余"（Shit Happens）字样的 T 恤，站在厨房的格子地板上，系上围裙。

我在一旁看着他戴上红色的厚手套，打开烤箱，又小心翼翼地拉出烤架取下烤盘，然后将一根针形温度计插入蛋糕中。

"还要再等七分钟。"他说着，把奶油倒入碗中，插上搅拌器。他背对着我，全身心投入手头的事中。他先把奶油打散，又用水将搅拌勺冲刷干净，然后丢入洗碗机中。

我突然意识到现在是提起来复枪一事的最佳时机。

然而当他用小刀将奶油从碗中刮出时，他却把话题引到其他地方，说他已经注意到，厄伊罗蕾的身上有一股独特的躁动情绪。

他依旧背对着我。

"你永远无法得知一个女人在想些什么。她们表面上不动声色，但又会突然做出决定，告诉你她们已经不再爱你。似乎转变在悄无声息间就完成了。"

他从烤箱中取出烤架，再把蛋糕取下，切下一小片，细细观察切口，确认蛋糕是否已经全熟。确认无误后，便小心地把那块蛋糕放入盘子中，然后用他又短又粗的手指举起托盘递给我。

斯瓦纽十分好奇，想知道在居德伦离开我之前，是否有任何迹象。

我想了一会儿，说："她说我一直在重复所有的事情。"

斯瓦纽一副惊呆了的样子。

"为什么说是在重复？"

"嗯，她跟我讲的是，每当她想和我说点什么，我只是重复一遍她的话来回应她。比如，将一个肯定句转换为疑问句。"

斯瓦纽的脸上挂着一个大大的问号。

我跟他解释：

"当她说'莲来电话了'，我就会回答'是吗，莲来电话了'。她说这个就是'重复'。"

斯瓦纽看着我，仿佛我提出了什么关于黑洞物理学说和时间的新理论。

"'重复'也没什么问题吧？"他试探着问。

"不，居德伦并不这么认为。"

"不然一个人应该怎么回答？除了重复以外。"

"我不清楚。"

"你有挽留过她吗？"

"没有。"

他从冰箱里拿出一盒牛奶，倒了两杯，将一杯递给我。妈妈有时候也会准备一杯牛奶给我，配一片法式奶油蛋糕，浇上一层奶油糖霜，盛在她床头桌上的碟子里：牛奶从不锈钢的保温杯里倒出来，还是温的，那个保温杯本来是为了盛咖啡用的，我记得那种味道。

我们都没有说话。

然后我的邻居又捡起话头。

"现在你也成了个花花公子。"

我心想我是不是听错了，还是说他对我所理解的这个词的意思另有所用？但斯瓦纽不是那种会说暗话的人。

我应该告诉他我已经八年零五个月，没有碰过任何女人的身体——至少不是有意接触——也没有拥抱过任何女人吗？事实上，自从我跟居德伦停止性生活之后，除了我的母亲、前妻，以及女儿——这三个跟"居德伦"有关的人，我的生命中不再有任何女人。世界上从不缺乏美好的肉体，她们也总有这种力量，在不经意间挑动我，提醒我"我是个男人"：无论是在寒风刺骨、月亮半遮半掩在游泳池里洒下一片皎白时，室内芙蓉出水、温泉凝脂、荷露笼雾之际；还是当我在商店排队，不经意间触碰到从短袖中露出的胳膊之时，抑或是在一个女人弯腰时，被她的长发轻轻撩拨的一刹那——就像为我剪头发的那个女孩。当她为我洗头发时，她站在我身后，轻轻按摩着我的太阳穴，称赞我有一头好头发。我曾问她觉得我是个怎样的人，她透过镜子看着我，笑着说，一个秀色可餐的男人。不，我想我需要向自己开一枪，让子弹射穿我的肉体，在痛楚中感知我的身体。这才是一个男人该有的样子。

"因为厄伊罗蕾的一些朋友问过你的情况，比如问你最近是否有追求的对象。厄伊罗蕾这样问我，我告诉她你那时没有追求的对象；她们又通过厄伊罗蕾问你是否已经忘记了你的妻子，我回答她们说你没有；她们想知道你是否经常泡咖啡馆或者去剧院看戏，我说不是；她们就又问你是不是喜欢阅读，我告诉厄伊罗蕾你的确喜欢阅读，然后厄伊罗蕾就转达给她的朋友们，她们看起来似乎相当兴奋，问你喜欢什么类型的书籍，我就说小说和诗歌，她们又接着问是冰岛的还是国外的，我说应该都喜欢。"

在斯瓦纽告诉我这些以前，我其实已经把话题引到我的问题上：

"我其实想知道你能否借我一把来复枪，在这个周末。"

我不知道我的反应是否在他意料之外，他也没有表现出任何意外的样子，只是点了点头，脱下围裙，放在椅子的靠背上，感觉像他一直就在等我开口提起那把枪。他消失在客厅里，我一边听他在那边翻箱倒柜，一边观察冰箱上的两张照片。其中一张是斯瓦纽的，他穿了一件羊毛夹克，那条狗就在他的旁边；另一张是厄伊罗蕾跟一群笑得花枝乱颤的女人的合照，她们都身着户外装备和徒步的鞋子，而且一半人半跪在前排，看起来像是一个足球队的合照。不一会儿，斯瓦纽便拿着那把来复枪回到厨房，他把枪斜靠在墙上，紧挨着拖把，指着照片说：

"只要我们那辆大篷车没问题，我就跟厄伊罗蕾去野外的苔藓上踏足，在每一条流淌的溪流边上，只要我们有这个念头。"

然后他隔着桌子坐在我的对面，给自己又倒了一杯牛奶。

我又听他说起他觉得厄伊罗蕾最近估计是在研究诗歌。

"昨天晚上在卧室里，我从她身边经过时，她说我挡住了她的视线。"

斯瓦纽说着摇了摇头："有时候我觉得跟厄伊罗蕾真的'相见不如怀念'。她应该永远都不会理解。"斯瓦纽用胳膊抵着桌子，手放在脸前，手指在嘴边晃荡，"厄伊罗蕾没有意识到，男人习惯把事情压在心里，就对于美的感觉来说，从车子里漏出来的油，流在潮湿的柏油马路上，跟彩虹的颜色相比，给我的是完全不一样的感觉。"

我站起来，拿起那把猎枪，斯瓦纽走在我前面送我出去。我把枪夹在胳膊下面，枪管朝下。

我应该告诉他事情的真相吗？我不想再活下去了。

他会怀疑吗？

如果我让斯瓦纽给出一个我应该继续活着的理由……

我猜我问一个，他可以给出两个。

如果他让我解释缘由，我会说我迷失了自己。

然后我就等他回答，"我能够理解你，因为我也不知道我自己是谁"，然后在门口给我一个拥抱？他的身子一半在门框外，另一半在门框内，被门外矩形的光环所包围。他的体重估计超过一百公斤，穿一件宽大的 T 恤，前半部分塞进裤子里，后面的部分又露在外面。在 5 月 5 日，我们这样两个中年男人，在门口的阶梯前，紧紧拥抱？

厄伊罗蕾估计会问："谁在那边？如果是卖干鱼和对虾的，买一些对虾。不要买甘草，那对你的身体不好。"

斯瓦纽会说什么来劝诫我呢？

他会找出一些关于死亡的诗或者有哲理的句子吗？他能找出只言片语来改变我的处境吗？我猜他也只能说一句："反正人迟早都是要死的。你应该确信。三十年后再来跟我谈这个事吧，到时候你就会像狗啃骨头一样去珍惜生命的每一分钟。跟今天你的母亲一样。"

但他却说的是：

"我有让你看过我那块伤疤吗？"

"伤疤？没有。是什么伤疤？"

"是腰椎间盘突出手术留下的。"

在我反应过来以前，斯瓦纽已经将 T 恤从裤子里猛地抽出，然后卷到背上。当时是工作日的中午时分，街上行人寥寥无几。

一条巨大的伤疤沿着他的脊椎伸展开来。我脑海中浮现出特里格威文身室的小伙子，用一辆四轮摩托车或者机动雪橇来处理这块伤疤的画面，不过我忍住没去继续想我那幅睡莲的图案。

"你知道吗？"他说，"在世界上的一些地方，伤疤往往是获得声望的象征。一个人有一块巨大的、令人印象深刻的伤疤，在别人眼里就跟猛兽一样，让人心生敬畏，从而更容易存活下来。"

我把枪夹在胳膊下面，走过街道，我要爬到我四楼的房间里，一股脑地躺在双人床上。

皮肤上的伤疤，大多色彩苍白、平淡无奇，
只保留了伤口的一小部分得以成形

我刚迈进门，口袋里的手机就响了。

是养老院打来的。一个座机号码。一个女人用带着歉意的语气介绍说自己是养老院的工作人员，帮我妈妈打这通电话，说妈妈今天一直在等我，因为我迟迟没有露面。她说这些话时听起来十分犹豫又困惑，估计她也了解距离我去拜访妈妈，才过了仅仅两个小时，而且我每周去探望妈妈的次数很少低于三次。她把电话递给妈妈。妈妈已经完全不记得我在午餐时就探望过她这回事。

她的声音有点抖：

"我是居德伦·斯特拉·约纳斯蒂·斯奈兰，请问我可以跟约纳斯说话吗？"

"是我，妈妈。"

"是你吗，约纳斯？"

"是的，你打的就是我的号码，亲爱的妈妈。"

她问我为什么没有去看她。

我告诉她今天已经看过了。

她努力回想着，在她试着厘清思路时，我举着电话在这头等。

当她再次跟我讲话时，她说她想起来我今天去过了，但我在那边时，她忘了问我一件事。她问我是否有一把锯子。她想让我帮她把窗户前的树枝修剪一下，因为那树枝一直在靠近她床头的窗户上刮来刮去，让她难以入睡。

"你父亲把工具箱放在我们的床底下。他是个可靠的男人，我是说你的父亲，尽管他不怎么笑。"

她吞吞吐吐地说："你说你要外出是吗？"

"没有。"

"你不是说你要去参加什么战争吗？"

"没有，我没有说过。"

她又开始支支吾吾起来。

"宝贝，你被安排了什么特殊任务吗？"

特殊任务。我斟酌着这个术语。她是想说拯救飞机，还是研发疫苗呢？

"没有的事。"

电话那头又陷入长久的沉默中。我猜她可能是在想为什么打这通电话。

"你不想继续活着了吗，宝贝？"

"我不确定。"

"至少目前为止你的头发都还完好无损，我身边的男性没有脱发经历。"

在她继续这个话题以前，我抢先告诉她：

"居德伦·莲不是我的孩子。"

我本想着再加上一句，莲跟我没有血缘关系。我不曾生育，这条线在我这里就断了。

电话那头只有窸窸窣窣的声音，由远到近传来沙沙声。在她继续开口前，又是一阵沉默："我曾跟你的父亲一起去参观一家博物馆，在我们的蜜月期间。当时要多浪漫就有多浪漫。不过最让我震撼的是那些士兵的制服，居然是用如此单薄的材料做成的。全是用又脏又破的床单制成的，作为展品摆在那边。"

"我知道，妈妈。"

我感觉到还有什么事在困扰着她。

"谁是海德格尔？"妈妈终于问出口。

我不是在大学仅有的那一年写过一篇关于海德格尔的论文吗？他不是宣称人类与世界的关系应该萌芽于一种惊异的感觉吗？就像儿童和幼兽一样。

"一个德国哲学家。你为什么问他呢？"

"因为他今天早上打电话过来问起你。我告诉他，他打错号码了。"

为吾申辩①

　　我考虑了各种各样的途径。有一瞬间，我想到的是，我可以借用天花板吊灯上面的挂钩。还得决定一下地点。我脑中想过不同的场景。我应该在客厅里给自己一枪，还是把自己吊死在卧室、厨房或者浴室？我还需要选一下穿什么衣服。什么衣服会比较合适？睡衣、礼拜服还是工作服？只穿袜子还是需要穿鞋子？

　　我又突然想到莲有一把我房间的钥匙，她可能一下子闯进来。关于她的性格，最具有代表性的事是有一次她站在客厅中央，神思忧虑地跟我讲述她前一刻的发现。她说：

　　"爸爸，你知道吗？每一代鸟群在岛上迁徙的次数只有一次，因此，它们不会留下任何经验可供后面的鸟儿参考。"

　　她又将为我的事忧虑多久？况且，她将不得不处理我的身后事。我又想起楼底的地下室，那里塞满了垃圾，早就需要整理出来打包

①《为吾申辩》（*Apologia Pro Vita Sua*）：英格兰 19 世纪著名神学家、诗人约翰·亨利·纽曼的作品，反驳了查尔斯·金斯莱对他的指控。纽曼曾领导英国国教内部的"牛津运动"，意在复兴某些罗马天主教教义。1845 年，纽曼皈依天主教。

扔掉。我这不是把包袱留给她了吗？

我打开地下室的门，第一眼看到的是当年我跟居德伦开始同居时，我亲自设计制作的那条凳子，凳子的座位可以升降。还有一副雪橇，以及一顶我们花了一整天时间才支起来的橙色帐篷，旁边是睡袋和徒步鞋。自从搬到这条街以后，我就再也没来过地下室。我在大大小小的箱子之间挪动，其中一个上面被妈妈用歪歪斜斜的字体标注了"茶具，给约纳斯"。架子上放着我为莲制作的一个娃娃小屋，旁边是一台旧的唱片机。我完全忘记了它的存在。

一个巨大的工具箱躺在地板中央，里面放着我很少用到的各式工具：一个凿子、一把圆头锤、一些飞利浦牌的螺丝刀、一把板锯、一把腻子刮刀、一个圆锯、一把木工刨、一把角尺、一个指南针、一些粗锉刀和小锉刀、三把标尺。我还有一把羊角锤，和各种类型、各种尺寸的螺丝刀一起放在工具箱里，不过我忘记那个工具箱是被塞在水槽下还是车后备厢里了。里面还有一个钻头，那是我见到居德伦之后买的第一套工具。我们在菲吕梅卢尔区租了一间地下室的公寓，公寓的油布地毯已经破烂不堪，所以在仔细研究了一番之后，我就张罗着自己铺木地板。弄完那个之后，我又学着贴瓷砖、贴墙纸，还改装了水管。我还能记起公寓的尺寸，长宽比分别是170∶80、92∶62。我同意母亲说过的话：用数字表达悲痛比表达渴望更容易，不过在讨论美的感受时，我永远不会用到"4252克"或者"52厘米"之类的形容词。

在角落深处，有一个残破的纸板盒子，它被胶带密封起来，上面用黑色签字笔写着"丢掉"。如果我没记错的话，上次还有上上次搬家时，我们就想着要扔掉这个盒子了，它就这样被密封着带到了好几个地下室中。为什么这个盒子还在这里？我从工具箱中取出一把小刀，沿着胶带划开，然后拿掉盖子。看上去里面几乎都是我在大学那一年的书籍。我拿起一本尼采的《善恶的彼岸》，下面是一叠打印的论文和手写注释。在盒子的中间有一个棕色的信封。我打开那个信封，拿出一页二十七年前的剪报，那张发黄的报纸上登着爸爸的讣告。那篇讣告是他的一个朋友写的，他向妈妈写了一封慰问信。他也提到爸爸的两个儿子：洛吉，长相完全就是爸爸的翻版，当时正在商学院攻读最后一年课程；约纳斯，继承了妈妈在音乐方面的天赋，刚刚开始哲学系的学习生活。我突然意识到，再有两周，我就到父亲倒在门口台阶上时的年龄了。也许我们身上共同的基因缺陷会使我免受余生痛苦。

"我从厨房的窗户看到你爸爸摇摇晃晃的，当时我以为他只是喝醉了，"妈妈说，"当我走出门时，他就躺在走道上。他们带走了你爸爸，留下我一个人。"

"没有人会一直陪你走下去。"她这样说道。

当天夜里，妈妈将爸爸的衬衫从衣柜的衣架上取下，叠放在他们的床上。

"你不想再留着这些衣服吗，妈妈？"我问她，"至少应该等到葬礼结束吧？"

我们把爸爸所有的衣物都处理掉了，因为妈妈不想看到任何人穿他的外套，我背了整整四大包爸爸的衣服，送到隔壁镇子里。

在过去，每当爸爸问我在学校学得如何时，我都神经紧绷，我甚至一度怀疑他自己也在偷偷研究这些科目。后来，我的预感被证实了，在我们处理他的遗物时发现，爸爸买了一本名为《如何就尼采进行提问？》的书。

我把那篇讣告放回信封里，然后继续在盒子里翻找。在盒子底部，我找到三本破旧的笔记本。我打开其中一本，认出那稍显稚嫩的字体。潦潦草草。这些是我在大约十二岁的时候写的日记。我翻看那些日记，从日期来看，这些日记断断续续记录了三年之久。

丢掉。

这个盒子即将成为垃圾。我捡起另一本日记迅速浏览，时不时停顿下来思考一番。就我所看到的，日记内容大多描述云彩、天气，以及跟女孩子一起出游的事。这个哲学系学生在第一页引用了柏拉图的《会饮篇》，一下子为整本日记定下基调，可以看出当时我正集中精神去领会学习的纲要：

"人拥有生殖的本能，无论是在身体上还是在精神上，当人的身体到了一定年岁时，我们就会感到生育的紧迫。"

每一条日记都以日期开头，紧接着是当日天气，就像一个老农民的年历书：3月2日，晴天，温度3摄氏度；4月26日，强风，温度4摄氏度；5月12日，东南方向微风，温度7摄氏度。与这些关于天气的报道相对应，我记下了每天纷繁多样的云彩形状，还有我对那些自然天体的思考。比如，*风塑积云*。我又是在什么时候停止关于云彩的思考呢？是在开始讨论天体之后：人们认为一轮新的月亮围绕着地球旋转，但一些专家认为，那更像是某些在太空中运动着的火箭碎片。

在那些长期盘旋于宇宙中心的星球之间，还有一串购物清单，绕着椭圆状的星空列成一排：

草莓酸奶和安全套。

没翻几页我就意识到，关于女性身体以及我跟她们之间交往的记录占据了日记的绝大部分。在这些记录中，我用她们名字的首字母来称呼那些交往过的女孩子，并为她们跟我睡觉而致以谢意。**感谢K**，赫然出现在第一页；**感谢D**，在另一页。有时候这些首字母会用下划线着重标注。**感谢M**。M出现了两次，几个月以后，K又出现了一次。是同一个K吗？我想是的，因为我在记录时一般会在旁边进行附注来说明。比如：L（什么都没发生）。有几个夏天我是在乡下度过的，在舅舅的农场里，于是就地取材来发挥我的比喻修辞能力：K的皮肤就像小羊羔的肚皮一样顺滑。两天后又变成了S。我极力回想我人生中第一次有机会跟女孩子交往的事，我记得有一个女人，她盯着我看时，我就想到：这个不错。我的思绪在这些记录中跳跃着。G应该是最后一个代表女朋友的字母，是居德伦？向居德伦致以谢意时，我二十二岁，而且我能记得，我们在一个山顶发生了关系。（G身上有一块因为阑尾手术而留下的新伤疤，不过我并没有跟她提起这个。）我在括号中写道。

我把笔记翻到一个确定的日期：

1986 年 10 月 11 日

　　从学校骑自行车回家时，在去希尔菲通的路上，我看到里根和戈尔巴乔夫站在小白楼①的台阶上。他们都穿着外套，一个穿着风衣，另一个穿着毛领外套。那一片还有三只鹅。那天晚上我在电视上看到他们了，就那种黑白电视，屏幕上人影模糊，看起来就像是沙子和冰川。

然后我又写了一句，还用下划线标注起来：我当时就在那边。

一天后我又在同一页写下：

10 月 12 日，爸爸去世了。

世界不同以往。

我借了斯瓦纽的拖车，花了整整三天，才把地下室空出来。

楼上楼下来来回回跑了三趟。一趟是搬一把凳子，一趟是搬唱片机，最后一趟就是搬那个标着"丢掉"的纸板盒子。

---

① Höfdi House，霍夫迪楼，俗称"小白楼"，1986 年 10 月，美国总统里根与苏联领导人戈尔巴乔夫在这里会晤，标志着冷战的结束。

我们越是感到疼痛，就显得越发渺小，
尤其相比那些不能飞翔的物体而言

我在冰箱里翻找，看看里面还有些什么：两个鸡蛋，装在一个卡通盒子里，上面写着"产自我们最优质的母鸡"；橱柜里还有一包意大利螺丝面，这个需要煮多久来着？不是挺容易煮开吗？窗台上种着一把香菜，我花了很大工夫才养活，现在大多都蔫了。我把鸡蛋炒了，然后抓了一把香菜撒在盘子里。

意大利面还在锅里翻滚。我拿起那本方格子日记本，浏览最后的部分。

有一条记录因为长度而十分突出，整整三页，没有任何停顿。我看着当时是在记录一次爬山的经历，我还为此用下划线加了一个标题，感觉就像一则短故事——《攀登启蒙之殿》。日期是 6 月 7 日，当时我并不是孤身一人，因为开头就写着：G 想要一同前往。

　　合唱练习结束后，我们借了妈妈的大篷汽车（排气管还是坏的）。我已觊觎这座山有一段时间了（比认识 G 的时间还要长）。我已经跟唱诗班的四个女孩子睡过了，现在没任何想法；

唱诗班的老师（是妈妈的一个朋友）把我叫到一旁说，紧张会影响发声。

看起来我是想着通过请这第五个女孩出去兜兜风、爬爬山的方式来赎个罪。

G穿了一件黄色高领毛衣、一双白色帆布鞋。

而且，跟往常一样，我详细列出了购物清单：路上我们在一家商店稍作停留，我买了虾仁沙拉和三明治、两瓶可乐，还有两根波罗王子牌的巧克力棒。

去火山口的路上，我在车里跟G讲起爸爸去世的事，我也从学校里退学了，去照顾家里的公司，钢腿有限责任公司。我告诉她，我跟妈妈住在一起，我还有一个哥哥。我还告诉她有朝一日我也会成为一个父亲。（为什么我要跟她说这个？我只是觉得我有必要告诉她。）我还跟她讲起过去和最近发生的一些事，讲那些事如何影响我今天的思维和感觉方式。

这段话后面有一句话，被我用双划线标注起来：在我讲话时，G一言不发。

下面五行字就开始潦草起来，几乎看不清写了什么，直到与"山脉"有关的字眼再次出现：

G一脸的疑惑，当她看到耸立在眼前的那座大山，还有那些岩石，我走在前面，她跟着我的脚印，我可以感觉到她的呼吸喷在我的脖子处。到处烟雾缭绕，山顶藏进雾气中。我们便等雾散开，想着可以让G一睹东部冰山的风采。但事实上我们在回来的路上才看到。因为前不久刚下过雨，苔藓上湿漉漉的，除了一些必备的衣物，我们也没有带额外的衣服。G要更难挨一些，因为她只穿着一条普通的工装裤。我听到周围雷鸟扑棱棱扇动翅膀的声音，开始想：这只鸟看到了什么？又会想些什么？一只绵羊不知道什么时候站在我们旁边，直勾勾盯着我们，我告诉G闭上眼睛。

然后又在想：那只绵羊又看到了什么？绵羊又会想些什么？当我们穿上衣服时，G说："我们下面的火山怕是要突然爆发。"

回去的路上，我们开车经过一片北极鸥正在筑巢的地方。

成千上万只北极鸥。

各种声音组成一个大大的合唱团。

我把虾仁沙拉和三明治撒在那边。

我觉得累，回镇子的路上G开的车，我就靠在座位上。这次是G在讲话，而我就静静听着。她跟我讲起她的妈妈和护理课程，埋怨说找到一根合适的血管来扎针是多么困难。途中她在海边停了一次车，说一些小雷鸟挡在路上。

然后字迹又逐渐变得模糊不清了。我在底部又看到"山"这个字眼。清晰地写着：我已抵达那座山脚。我继续翻日记，下一条日记是在一个月以后，讲的是我去拜访 G 的事。

7 月 7 日。

在 G 和她妈妈一起居住的公寓里，又一次见到 G。我这次完完全全目睹了她的身体（一丝不挂）。因为没法关上门，我就拖了一个抽屉柜子抵在门上。然后我听到她告诉我她肚子里已经有一个宝宝。

我跟她讲这不可能，她回答说安全套并不能保证万无一失。

被告知自己就要有一个孩子时，我还未发育完全。我还跟母亲住在一起，睡在一张单人床上时，就收到了一张确认函。那篇关于我的身体为我自己造就了什么事的日记，以第二页上的两句话结尾：

在一只绵羊的见证下，一个婴儿被孕育了，就在火山口几米以外。

在一只绵羊的见证下，婴儿在山顶被孕育

　　不知不觉间，居德伦给我织了一件毛衣，那一刻我便真正意识到，我们是一对夫妻了。她把毛衣熨得服服帖帖，细心叠好，递给我时说了一句："这应该能入你的眼。"然后她开始为宝宝织一些罗纹花样的毛衣。那天晚上我们坐在她家里的沙发上，一边看电视，一边跟她妈妈一起吃爆米花。我在舅舅家的绵羊场度过了整整四个夏天，有过为母羊接生的经验，所以了解应该为居德伦做哪些准备。我曾亲自将小羊羔黏糊糊的身体拽出来，还记得有一次接生一只小公羊，我得小心翼翼地让羊角顺利通过产道，甚至还能听到母羊咩咩乱叫的声音。

　　爬山回来估计八个月之后，居德伦·莲在 2 月 29 日出生，比预产日期早了两周。跟检查报告预料的一样，胎位有点问题，又没法恢复，最终决定剖宫产。当护士抱着婴儿走近我时，我内心惊恐不已，她教我如何环抱住那个小小的身体。一个生命就在我的手里，她是世界上最脆弱的生物，在那一刻我知道，她将活得比我更久。

　　我把日记跳到最后几页，翻到这几句话：

2月29日。她将活得比我更久。她的眼眸像蝴蝶翅膀那样晶莹剔透。

午餐之后，我便立马投入工作，去处理一个订单。为什么我要这么匆匆忙忙？因为一个客户告诉我，下午一点半他会来取这份订单。

我是朋友圈子里最早结婚的一个，这意味着在家有规律的性生活，每天晚上我跟同一个女人的身体发生关系。我很快便适应了这种生活。生完孩子之后，居德伦不停规定我只能碰她身体的哪个部分。她不允许我碰她的肚子，也不允许我碰她那块C形伤疤。"把你的手放在这里，"她说，"不，不是这样，保持这个姿势，不要动，也不要喘这么大气。"我试着去搂她的肩膀，或者把手放在她的乳房下面，但有时候我也会忘记，就沿着她裸露的肉体一路探索，任由我的手滑到她的腹部。

"你在做什么？"这时她会说。

"没什么。"我回答。

"不行，你不能碰我的肚子。"

二十六年后，我的妻子告诉我："莲不是你的孩子。我觉得我有必要让你知道。我们已经结束了。"然后她说，"从来没有一个男生，会在第一次跟我约会时，就讲起苦难和死亡这样的话题。当你说我们都会死，我就意识到那正是一个生命所赖以生存的基础，也就是那个时候我决定莲应该归入你的名下。"

我写在日记上的最后几个字，没有标明日期：

我不过是一具肉体。

在那之后，我不再记录生活中的任何事情。

在我看来，肉体包括头以下的所有部位，而且事实也是如此，肉体自始至终是我生命中那些重要事物的出发点和落脚点：我出生之际，我的五脏六腑便开始没日没夜地运转，而随着孩子的出生，我则要肩负起对于自己亲生骨肉的责任，我的身体开始无休止地操劳。我似乎又听到妈妈关于世界生存法则的教诲："你得知道，约纳斯，很多事在我们出生之前就已经决定了。"

**伤口以不同速度愈合，
留下深浅不一的伤疤，
其中某些伤疤往往更加深刻**

凌晨两点十五分左右，我听到四楼有人在敲门，先是一下两下，随后变得急促起来。

斯瓦纽站在楼梯口，气喘吁吁，一个劲儿朝我后面打量。门本来是关着的，他说，不过，他跟在一个深夜出去浪荡回来的邻居后面溜进来了。他说自己睡不着，看我这边时，阁楼的百叶窗上有人影晃动，能看到有人走来走去，就想到我也一定是醒着的。他想邀请我带着他的狗出去走走，那条狗就在楼下那辆大篷车旁边等着。

老姑娘，他这样称呼那条母狗。

我能跟他讲我今晚有其他的安排了吗？

但没等我开口，他就从我身边蹿过去，径直进入客厅。他四处环顾，缓慢又有条不紊地在房间里扫视。他这是在搜查我吗？

他的目光锁定了客厅中间的那条凳子，还有我放在咖啡桌上的枝形吊灯。这些东西并不足以泄露我是否曾拿着一条皮带站在那上面。

我把电脑关掉，屏幕还停在关于作家自杀方式的那一页。

盒子里面的那些东西堆在餐桌上。

"你在大扫除吗？"他问。

"是的，我刚在整理一些旧纸。"

没等我反应过来，他就已经钻进浴室里。我听到他噼里啪啦打开橱柜又关上，返回时，又一下子钻进卧室。那把来复枪还在双人床上。他又打开走廊里的衣柜看了一下，结束他的搜查。

"我在想，怎样才能更好地了解厄伊罗蕾。"我的邻居叹了一口气说。

人与兽

我们走在去往港口的那条小路上，斯瓦纽牵着狗的绳子。风纹丝不动，夜晚路上只有一个推着婴儿车的年轻父亲。居德伦·莲在夜里闹肚子痛时，我是否也带着她出去走走，好让她的母亲能够睡个安稳觉？

斯瓦纽先打破沉默。

"我发现晚上灯光太亮了其实也不好。"他一边这么讲，一边弯下腰清理狗的粪便。

"你总是能看到有人出门遛狗不带垃圾袋，装作不需要清理一样。"

我们来到码头上，站在赏鲸船和捕鲸船之间，头顶的天空遥无边际。

"你不觉得风景美丽吗？"斯瓦纽问我。

我没回答他。春日夜空的尽头，地平线上冒着三三两两的橙色极光，但我无心观赏这些：岁岁年年花相似，今天的夜空跟去年或者前年没什么不同。我要么顶着这片亘古不变的天空继续生存，要么就到此为止。

"我们如此渺小,"他说道,轻轻抚摩着他的狗,随后又更正,"人类如此渺小。"

我们沿着灯光往前走,斯瓦纽说他昨天走过这条路时看到一只海豹。他们就那么盯着彼此的眼睛,一个男人和一只动物。他想着要不要用手机给那只海豹拍一张照片,最后他放弃了,他告诉自己,人与兽,没什么好讲的,也没有什么额外的意义。然后,他回到家里,读到网上一篇文章,讲的是一只会使用螺丝刀的海豹的故事。

"你说这是不是巧合,我就那么歪打正着读到这篇文章?"他问我,目光越过我,飘向又开始泛起绿光的天空。

又是一阵沉默。

那条狗突然开始叫喊,往海草堆里扎,但被斯瓦纽拽住狗绳。一只北极鸥在我们头顶上盘旋,我挥手赶走它。已经是筑巢的季节。

"你知道吗?"他又开口,眼睛还是盯着海面,"人类是唯一能以流泪来表达喜悦或者悲伤情绪的动物。"

我说是,那不就是因为刺激泪腺吗?

"不像动物,我们知道我们的生命会走向尽头,"我的邻居继续说道,"我们终将不复存在。"

他环顾四周,寻找垃圾桶,但没有找到,他就一路用手提着那只袋子。

就在我要跟斯瓦纽告别时,我注意到他似乎还有什么要说。

他站在那辆大篷车旁边踟蹰不前。

"你还需要子弹不？"他问。

"是的。"

"我就想着你应该需要。"

他吞吞吐吐地说。

"但十分抱歉，我去年去打雷鸟时子弹用光了。"

他看向远处，那条狗直勾勾地看着我。

"说实话，我以前从未用过猎枪。"我告诉我的邻居。

"我猜想也是。你应该都不知道如何使用猎枪。"

他说得没错，我的确不会使用猎枪。说不定还会打到其他人。

然后他又问是不是可以随时来找我。

"我可以随时来找你吗？"

我告诉他接下来几天我会有点忙，然后又补了一句：

"我估计要出个远门。旅游一趟。"

有个想法在我脑海中一闪而过：我要让自己彻底消失，不再纠结莲会不会发现我的尸体。像鸟儿一样冲入水中的旋涡，在距离海面几米处盘旋几圈，然后一头扎进海水，在死亡降临的最后一刻再使劲扇动一次翅膀，我赤裸裸的白骨或将成为旅行者的地标。

当我越发沉迷于自己的这种幻想时，我排除了"让自己不被发现"这个选项。莲一定会用毕生去找寻我的足迹，直到最终痛苦让她不堪重负。除此之外，即使我远走他乡，莲和妈妈也会想方设法带回我的骨灰。

"你的父亲踏上了他最漫长的旅程。"妈妈曾这样告诉我。那时我刚刚参加完一场考试，回到家，她就站在门口等我。

"去哪里了呢？"我问她，注意到有个棕色公文包放在印有三色堇花朵的床单上。

我把公文包拿到卧室里，打开，把文件一件件排在桌子上。第二天我告诉妈妈我要放弃大学的学习，专心留在钢腿公司工作，子承父业。虽然市场有些波动，但投资钢材仍然是门好生意。

"不要担心。"我告诉妈妈。

"我生命中最好的时刻，"我听到斯瓦纽嘀咕，"就是在破晓时分，抱着我的猎枪躺在睡袋中，等候鸟儿醒来开始活动的时刻。屏住呼吸，眼睛一动不动地盯着白茫茫的雪地。那种感觉就像是一个婴儿待在母亲的子宫里，被安全感包围。还不需要从那里离开，还不需要出生。"

我又跟斯瓦纽说了什么呢？

我重复了他的话，说有那么一些人的确没必要诞生。那是我对斯瓦纽讲的最后一句话。我对他讲的最后一个词语就是"诞生"。

字母变得有血有肉，活生生栖居在我们之间

我给莲打电话约她见面，她提议我们两人来做烘焙。

通话时，莲问我有没有好好分类处理垃圾，还问我有没有买一个蓝色的垃圾桶来装纸屑。而我问她的是跟西格特里葛相处得怎么样，她反问："你是说特里斯坦吗，爸爸？"然后她告诉我，"我们早就结束了。"

我的女儿现下最需要的不是爸爸，而是男朋友。似乎我已经被淘汰了。

莲穿了一件蓝色的连帽派克风衣，帽檐有一圈皮毛，那是我在圣诞节时送她的礼物，当时她回敬我一个灿烂的笑容。我还记得她刚戴牙套时哭了整整一个周末。她进门后脱下大衣，挂在椅子靠背上。

女儿是一个海洋生物学家，她的毕业论文是关于塑料对海洋动植物群的危害，尤其是对雄性动物的繁殖能力造成的伤害。

"特别是那些氟化物粒子。"她讲得头头是道，我在旁边点头附和。

正是因为她，我才了解到气候变迁如何导致海水酸化以及海洋

供氧不足等问题。

我又想起她很小的时候，出于对水流的强烈兴趣，她拧开了所有的水龙头，然后一会儿托着下巴趴在水槽的边上，一会儿拉一条凳子站在上面，观察水哗哗流走。

"水在流动。"只有两岁的莲这么描述。

她偷偷去戴奶奶的手表，还挂了一大串手链。奶奶和孙女，两个居德伦，每周都会见面，然后就开始聊她们对于战争以及未来世界的担忧。

女儿冲了一杯可可，给自己拿了点丹麦饼干，我冲了一杯咖啡，吃一种叫"天赐良缘"（wedding bliss）的蛋糕。

"你知道吗？"她说，"去年一整年，全世界在战争和武器上的花费，可达到二百四十万亿克朗。"

她端起杯子，啜饮一口，然后轻轻擦掉沾在上唇的奶油。

"事实上，那些发起战争的人，有必要认认真真计算一下战争带给他们的好处，以及战争所造成的危害，"我听她继续分析，"他们就会意识到人类为战争付出的代价远远高于和平。毕竟，这些人能听懂的话就只有钱。"

女儿在说这些时，几乎手舞足蹈，然后又突然安静下来。

"你已经见过奶奶了吗？"

"嗯，她的看法跟我一致。"

"我不用想都知道她的看法跟你一致。"

我们都笑起来。

我是个什么样的父亲呢？

我对女儿从来都是有求必应，无微不至。我认真回答她的每一个问题，带着她一起进行足球训练，见证她作为守门员，两条细腿穿着绿色球袜，戴着大手套，如何毫无畏惧地将球扑下。

结论是：我算得上是一个及格的父亲。打 7.5 分。

我在想要不要告诉她，我就要踏上我最长的一次旅行。

"出了什么事，爸爸？"她问我，"你为什么用这么奇怪的眼神看着我？"

"没什么事。"

"你确定吗？"

"当然确定。"

我心想：她知道事情原委吗？她的母亲已经告诉她了吗？

她满脸疑惑地看着我。

"你确定一切都安好吗，爸爸？"

"是的，一切安好。"

"你妈妈跟你说什么了吗？"

"没，什么都没有。"

"你们关系还是很好吗？"

"是，一切都好。"

她又小心地来确认我的情况。

"你没有不开心对吗？"

"没，没有不开心。"

我不知道她是不是会原谅我，还是会指责我，甚至讨厌我。如果她有了孩子，她会让她的孩子继续跟我的姓吗？她的孩子也会像她的妈妈一样有雀斑吗？他将成为一个郁郁寡欢的诗人，还是外向的探险家？

"爸爸，你生病了吗？"

"不，没有的事。"

她吃完了她的丹麦曲奇，把残渣收起来，盛到碟子里。

"你不会是因为孤独太久了吧？"

"没有。"

她脸上突然露出奇怪的神情。

"我那天做了一个梦。"

她支支吾吾地说道："我梦到我生下了一个很结实的男婴。"

"然后呢？"

"然后他的头很大。"

我觉得有必要告诉她我对解梦一类的事毫无头绪。但她深深吸了一口气。

"问题在于那个宝宝是你。"

"你怎么理解这件事呢？"

"我在梦里生了一个宝宝，而这个宝宝又恰好是我的父亲。"

我尽全力跟上她的节奏。

"这是一些新的事情发生的预兆吗？"

"是，我也这么认为。诞生往往象征一次重生或一个新的开始，而且我们在生活中往往忽略那些跟自己紧密相关的人或事。我猜那颗头的大小就意味着我在生活中忽略的部分，那正是需要我去关心和注意到的。"

我犹豫该怎么回答她。

"你已经明确知道那具体意味着什么吗？"

我听她前言不搭后语，便用一种担心的口吻说：

"有时候，诞生预示着死亡。"

"我明白你的意思。"

"但这并不一定意味着生理上的死亡，而更多应该是指一件事情的结束，以及另一件事情的开始。"她一口喝完杯子里剩下的可可，我们都不再说话。一会儿她又开始问我："那么你呢，爸爸，你没有做梦吗？"

"没，我没有。"

"不是说一个风琴演奏家的孩子，梦里的音乐也会是风琴声吗？"

我笑着回答她："不，不只有风琴。"

她穿上她的大衣时，又想起一件事。

"噢，对，我还有个问题，"她一边说，一边整理自己的头绳，"就是我厨房里碗柜的门，从铰链上脱落下来了，还砸碎了地板上的一块瓷砖。你有时间能帮我看看吗？"

莲跟她的一个闺密租了一间小小的公寓，她们搬进去时，我还帮她们修好了碗柜，喷了一层漆，更换了把手。我还换掉了浴室里的旧浴缸，换上花洒，铺上地砖。

"当然可以，没问题的。"我回答她。

在我的生活中，凡是这三个居德伦交代我的事，我都照做不误。我安装大大小小的镜子和架子，将家具从这里搬到那里，只要她们开口。我曾亲手铺了七间浴室的地砖，安装了五间厨房的物件，我甚至可以自己铺那种镶木地板，我也能抡起大锤拆换双层玻璃窗。我从不弄坏什么东西；相反，如果有什么东西坏掉，我都可以想方设法修好它。如果有人问我为什么要做这些事，我会告诉他这是一个女人让我做的。

我伸出手抱住我的女儿。

我本来想说一些其他的事，但一开口却成了：

"你知道人类是唯一会哭泣的动物吗？"

她咧开嘴笑了笑说：

"我不知道。我只知道我们是唯一会笑的动物。"

我回到家后，便立马在书架上翻找有关解梦的书籍。所幸居德伦并没有带走它，因为我在放置那本修复柚木家具手册的书架上找到了那本书。

我查询"风琴"①这个词。

一个人在梦里听见美妙的风琴声，是性能力和男子气概的体现。那本书里这么解释。

"爸爸，不要太过执着于你心中所念。"我们分开时，莲这么说了一句。

---

① 原文为 Organ，有风琴、器官之意。

开往月球的单程票

四周一片寂静，只有零星几声鸟叫。

第一个问题是，我要去什么地方。

我在网上浏览，寻找合适的目标，最后目光锁定在一些还有战乱的国家。六十三个国家和地区可以作为候选。斯瓦纽提到的关于女性和战争之间联系的数据，是来自哪个国家呢？

最终，我选定了一个因为战争而在相当长时间内频频见报的国家，但因为几个月前的一纸停战协议，那个国家从公众眼中消失了。不过情况依旧十分不稳定，因为还不确定那份停战协议是否真正得到了遵守。这看起来是个理想的去处，我有可能在街角被子弹击中，或者在什么地方踩到地雷。我似乎可以在耳边听到斯瓦纽的声音：

"如果你是一个女人，你有可能先被强奸。"

这将是一张单程票。我在网上浏览那些新闻里曾经提及的小镇，最终在一座破败的小镇中找到一家旅馆。我犹记得，当一个人渴望了结自己的生命时，旅馆正是他最常选择的场所。这些网上的照片毫无疑问拍摄于战前，人们可以清楚地看到，旅馆在一座广场旁边，周围种植着各式各样的花朵，四周的村庄兴盛着繁育蜜蜂、酿造蜂蜜的产业。根据网上提供的信息可知，那座旅馆靠近海滩，是一个受人欢迎的观光胜地，以周边的古代遗迹和泥巴浴而闻名。网站亦提及旅馆里的温泉浴池和一面具有百年历史的马赛克墙。

当我着手写一份告别信时，随手放了一张唱片在转盘上，名为《开往月球的单程票》。

我要把这封信写给谁？给我的女儿和母亲，这两个同名的人，居德伦·W和居德伦·S吗？

我开始想起斯瓦纽在路上说的话。

"人们总是善忘。到最后没有一人会记得你。"

莲有着干净无瑕的皮肤，但她总是觉得自己的膝盖不是很好看。我是不是应该告诉她，不要为自己的膝盖而苦恼？男人从来不会关注到膝盖的问题，他们从不关注女人的细节，而是从整体入手。是这样没错。这让我想起我那本性爱日记。

妈妈已经在考虑自己的墓上要种些什么植物。她想要一些小常春藤和矮柳树。我是不是也可以这样安排一下？比如：不要任何装饰，棺材上也不要把手，只要最便宜的木盒就行，也不需要任何加工。

我起草信的初稿，写下：*那么我便走了*。为什么要说*那么*？我划掉这句话。

加上一句：*我将不再回来*。我又划掉*我将不再回来*，改成*我将不复存在*。我是不是应该写上"春天"？那我应该加在什么位置？

一时间，我又想在信里加入"结束"这个词。我可以说"下周结束时，我将不复存在"，或者"下周结束时，世上将没有我，但世界依旧运转"。没有我的世界，天气又如何？根据报道，接下来几天，温度适中，有点雨。我最终写下：下周结束的时候，雨就不再下了。莲会知道我在说什么。

但我又全部划掉。

重新开始写：

我认为世界上没有比我更加自豪的亲生父亲。我随后删掉"亲生"两个字，只留下"父亲"。

我又撕掉信纸重新开始：

> 将钢腿公司转给埃里克·格维兹门松（就是那个运营钢材公司，而且十分擅长设计厨房灶台的人），他将在6月把尾款汇到你的账户中。
>
> 你亲爱的爸爸

神以苦难救赎苦难

我为一具枯骨打包行李。整个行李箱几乎空无一物：没有防晒霜，没有剃须刀，没有要更换的衬衫，没有凉鞋、泳衣或者短裤，也没有相机和手机，没有人能够联系到我。

然后我又简单收拾了一下公寓。

我把羽绒被摊在双人床上，铺展开来，然后将床罩盖在上面，把边边角角抹平。我想着是不是应该用吸尘器清扫一下，顺手打开了衣柜。叠放在衣架最深处的毛衣，是居德伦为我织的那件吗？

接着我又整理了床头桌上的那堆书。为什么那本《圣经》还在这里？书签还夹在《约伯记》那一卷。

自从我跟居德伦不再共度春宵以后，每到晚上她就躺在床的一侧，沉浸在她的书籍中；而我躺在另一侧，沉浸在我的书籍中。我读了就我所知没有人能够从头读到尾的三本书：《圣经》《古兰经》和《吠陀经》。单是读完一本《圣经》就花了我三个月的时间，一共1829页，读完其他两本书花的时间要少一些。我最爱的是使徒保罗关于爱的诗篇，以及《古兰经》中关于和平的章节：**凡枉杀一人的，**

如杀众人，凡救活一人的，如救众人①。我也喜欢拥有三千颗头、三千只眼睛和三千条腿的普鲁沙②，他用他的怀抱支撑起整个世界。

有那么一两次，居德伦会请我为她朗读一段。这是在她盖上羽绒被，然后用枕头在我们之间设立一道障碍，在婚床的东岸和西岸建了一道加固的墙之后。

"你想让我读哪一部分？"我问她。

"就你现在读到的部分。"

我刚好读到约伯的部分，于是我便读了关于约伯的故事：公正无私、清白又正直、虔诚又谨慎的约伯，却身着镣铐，关在狱中，被痛苦折磨。

我赤身出于母胎，也必赤身归回。我在这里结束。

"谢谢。"她轻声说道，我注意到她的声音透露出一股脆弱，"我知道那个。"

然后她拽了一下我们之间的那个枕头，便转过身去了。我盯着她睡衣下那美丽的肩膀曲线，如果我是在看《雅歌》③那部分，将"你的乳房宛若一串葡萄"读给她听，我想我也许依旧拥有这段婚姻。

过了一会儿她去了一趟浴室，回来时告诉我：

---

① 出自《古兰经》筵席章。

② 普鲁沙，Purusha，《吠陀经》中的神，在雅利安文化中，普鲁沙是最高的神，拥有千头千眼千足，其口、臂、腿、脚分别生出婆罗门、刹帝利、吠舍与首陀罗，且月亮、太阳、天空与风都派生自他的身体。

③ 雅歌，Song of Songs，又译"歌中之歌"，《圣经·旧约》中的一部，以诗歌的形式描述天人之间的爱。

"有个水龙头在漏水。"

第二天，厨房的桌子上有张字条，写着：

"有个灯泡坏了。"

这条路，我们同样走到了中途。我留给她的尽是苦痛，她则成日安排给我一大堆这样那样的杂活儿。

我赞美黄昏前的世界，
总有一些东西无处不在

我洗了碟子，将它们擦干，然后放回橱柜，又擦洗了滴水板，将抹布晾干。

我打开所有的窗子通风。

一会儿又关上所有的窗子。

收拾好双人床之后，我便瘫在沙发上将近两个小时，完全放空自己。我询问自己，人生中还有什么事能够让我觉得惊喜吗？是人性之恶？我想不是，我完全了解人性可以有多么残酷。人性之善？我想也不是，我也见过许许多多好人，是他们支撑起我对于人的信心。是高耸林立的山峰、犬牙交错的山层、绵延不绝的山海，还是无边无际的黑色沙滩、东岸闪闪发光的冰川，以及笼罩在穹顶之下、沉睡千年的火山口？但事实是这些我都已了解过。还有什么事是我在此刻仍然想去经历的吗？我想不到。我怀抱过刚出生的黏糊糊的婴儿，在12月去树林里砍过圣诞树，手把手教孩子骑自行车；我也曾在风雪交加的夜里，独自一人趴在山路上更换车轮，帮我的女儿梳理小辫，偷偷扒进过火车的车厢，还在乌黑的沙漠里用煤油炉煮土豆，在或长或短的深夜里跟现实搏斗……我无比清楚人生有哭有笑、有爱有恨，每个人都有写诗的天赋，而且人们都深知自己终有一死。

还剩下什么呢？是去听一只夜莺啼叫，还是去品尝一只白鸽的肉？

出租车在外面等候时，我又走进房间里，零零碎碎带了几样工具。因为我不知道我将要住进怎样的环境中，说不定我需要自己钉一个吊钩。我还带了一截延长线和一个变压器，因为我临时想到可以带上那个小的工具箱，里面有一个充电式的钻头。在关门离开之前，我顺手带上了放在床头桌上的莲的照片。莲那时只有五岁，梳着厚厚的马尾辫，嘴里大嚼着口香糖，刚刚掉了两颗门牙。照片是我们在冰川下游的泻湖边上扎营时拍摄的。她朝着天空伸出五指，背后是一片绿得发幽的冰山。当我经过垃圾箱时，我突然意识到可能会有人从垃圾箱中翻出我的那些日记，读到我的忏悔内容，这部我自己的《为吾申辩》。这些笔记和日记清清楚楚地写着约纳斯·埃贝内瑟尔·斯奈兰。为什么我要冠以母亲的姓氏？我没来得及多想，就把这些日记卷起来，塞进我的口袋中。

我想着将这些日记丢进外面的垃圾箱中。

然后我便出门了。

去赴一场与自己的约定。

在我最后的时日。

我要跟一切告别。

路旁的番红花已经开了。

我无牵无挂。

从一片氤氲缭绕的灯光中，走向黑暗。

存在于此刻的，消逝于此刻

我在飞机上睡了过去，梦到一只绵羊在不停舔我的耳朵，飞机降落前我才醒来。

飞机一层层滑过云间。

我也随着飞机不断滑翔。

不断消逝。

冲向地面，靠近咸咸的海水。

我极力辨认哪里是平原、田野、无边无际的森林，以及死寂的湖水，像铺在地上的一面镜子。飞机的影子从森林的边缘处掠过，机场跑道张开怀抱迎接我们；我已着陆。窗外的树和其他植物触手可及，我眺望着地平线，望向树林和天空的交界处。那就是我要去的地方。

后来，我给自己一个星期的时间来处理余下的事。

我是沉没在黑暗里的一片森林，
不畏黑暗者，将在这里发现玫瑰之畔

　　一个穿着开襟夹克的男人举着一张纸板，站在到达大厅的出口前，上面写着两个名字，其中"约纳斯先生"用红色记号笔写在那张纸的最上面，下面是一个女士的名字。我们是那家旅馆今天仅有的两位客人，都坐在出租车后面的座位上。那位女士坐在司机后面的座位上，尽管是阴天，但她还是戴着厚厚的墨镜。那是一辆脏兮兮的旧出租车，里面的装饰都破旧不堪，一路上，我都感觉座位里的弹簧在不停戳着我的后背，座位的安全带都已开裂。

　　"夫妻？"是出租车司机见到我们时所说的第一个词，他先是看着我向我求证，然后又转向那位女士，那时我便意识到他误解了我们。那位女士摇了摇头，然后用他们自己的语言跟出租车司机说了些什么。她穿着蓝色的夹克和衬衫，脖子上系一条丝巾，身体微微前倾，手扶着前面的座位，一动不动，仿佛是摄影棚里摆好姿势的人物。

　　我从未出过如此远的门，对于这里的人所说的话，一句也听不懂。我也没法理解帮我拿啤酒的服务员说的话，也没能让他理解我的意思。

寂静旅馆位于海边，从机场开车到那边得一个小时，但司机告诉我们，直达旅馆的路还在维修，所以我们不得不围着城市绕路行驶，这意味着我们得多走半个小时。有些路在地图上还没有被标记出来，他说。远处有一些小山丘，但这个国家的地形总体上是平坦的。

坐在车上，我感觉到的第一件事就是无处不在的灰尘，就像是火山爆发之后到处散落的火山灰。除了些许还未散去的晚霞，我们仿佛置身于某部黑白电影的场景中。

司机证实了我的第一感觉。

"灰尘是最让人恼火的，"他说，"我们不得不在灰尘中呼吸，所以我们很期待下雨，但雨后到处都是泥巴，而且下雨天东西又容易受潮。"

我注意到他每次调整后视镜时都会把镜子转向我们，尽可能看到我们两人。他右手握着方向盘，左手一动不动放在腿上。当他想要指什么东西时，就放开方向盘，用右手指给我们，车子便时不时抖动。

我目睹着这座古老城市的断壁残垣。

"以前这里有很多古罗马时期的遗迹，现今这座城市只是战后的废墟了，"我听他这么说，"我们至少得花五十年才能重建这个国家。如果这里一直处于废墟中，出国避难的人们不会再回来，"他继续说，"这边也不会有游客过来。我们不会再出现在任何一版新闻中。

我们被世人遗忘，就像是我们不复存在。"

他说那家旅馆已经歇业好几个月，他能在一周内送三个客人过去，已经是非常厉害。不过这三个人已经包括了我们俩，他说着，伸出三根手指。那辆车又抖了一下。

我们所到之处，几乎看不到未遭破坏的建筑。司机一边指着四处，一边跟我们解说：议会大厅被摧毁了，还有博物馆和电视塔，国家档案馆和里面的文件都付之一炬，现代艺术博物馆也被炸毁。"这里过去是一座学校，那里是图书馆，这边是大学，这边曾有一个面包房，这里是照相馆……"他不停地说着。

满目疮痍，到处都是被破坏过的痕迹。

高楼大厦半零不落地立在那边，墙上的窗户空荡荡的，没有玻璃。我开始嘀咕：你要去的房子将会是在怎样一片废墟中，墙壁估计跟被熔岩冲刷过一个样。

我们慢慢地穿过城市，路上零零散散的行人看起来面色苍白、瘦弱不堪。在一些地方，机器还在废墟中运转。从一些蛛丝马迹中，依稀能看到这座城市在战前的辉煌。我们最终在一个十字路口停下，就在一座两层小房子的门口，那栋房子正面的墙壁已经坍塌，可怜巴巴的，像一座玩具房。尽管到处都覆盖了一层厚厚的灰尘，我还是能看清地板上的花纹地毯，还有一架钢琴。我的目光锁定在出自某位著名设计师之手的躺椅和搁脚凳上。躺椅旁边是一个灯台和一个翻倒的书架。我注意到，床已经被收拾过，有人在离开房子出逃前，往双人床上铺了一张白色床罩——也许那人会在去往面包房拿面包的路上被子弹击中。最引人注目的是客厅架子上那只完好无损的黄色花瓶。车库里堆着一辆旅行车的残骸，车道上还停着一辆三轮车。

目光所及之处，遍地垃圾，下水道水管暴露在地面上。司机向我道歉，因为我那一侧的窗户无法关紧。飘进窗户里的刺鼻气味混合着司机身上浓烈的迪奥华氏须后水的味道，熏得我头昏脑涨。随后，我又闻到那个女士身上飘来的一股甜甜的花香味，完全不同于居德伦身上的味道。她用的是什么品牌的香水呢？耳朵上的耳坠是冥王星的式样吗？但那个女人只是沉默地盯着座位之间的通道。

"这些是开发商们的，"司机说，指着一些巨大的挖掘机，"空袭之后，维和部队就来了，"他继续解说，"他们和承包商以及机器一起出现在这里。"他又放开方向盘去调整后视镜，眼睛盯住我。

他想知道我来这个地方做什么。

"度假。"我告诉他。

男人和女人便一同望着我。我注意到他们在镜子里交换了一下眼神。那个男人用我听不懂的语言跟女人说了点什么，然后他们又转向我，点了点头。我也就看着他们。

司机又换了一种说法，重复了一遍他的问题，问我是不是有什么"特殊任务"，就像前不久他带到旅馆里的那个人一样。

我又回答一遍说我是来度假的，他们便不再问什么。

我们穿过市区，车子开到了乡间弯弯曲曲的森林小道上。路两侧伐下的木头是灰色的，看来是采自森林里那些不再开花结果的枯树。在树林边的一处空地上，司机降低车速，因为车子一直在颠簸。他从方向盘上抬起手，向周围指指点点。

"这是坟地，没有任何标记的乱葬岗。"他说，这里也埋着一个著名的民族诗人，他曾写下一首关于荒凉森林的诗。

那个女人什么都没有说，我能感觉到司机在座位上坐立不安。

他不停地摇头。

那个女人终于开口跟我讲话："这里埋葬着儿子、丈夫和父亲，在许多地方，父亲跟儿子葬在一起，肩并着肩，有时候甚至是三世同坟。"

她说战争随时随地爆发，战争就发生在邻居之间、同学之间、同事之间、象棋俱乐部成员之间，以及足球队先锋和守门员之间。"这一边是家庭医生，"她面无表情地吐出这一连串的话，"那一边是管道工和声乐老师。同一唱诗班的成员也会反目成仇，男中音在这一边，男高音和男低音就有可能在另一边。"

随后她陷入沉默，怔怔地望着窗外。

我好奇司机是如何存活下来的。他是因为什么才得以幸免，未被掩埋在这荒坟之中？他属于施害者还是受害者？这些埋着父亲和儿子的新坟跟他有关吗？但此刻司机默不作声，全神贯注地驾驶着汽车。

不过没过多久，司机就又开始说起话来，但已经不是前面的话题。他说他曾在战前载过许多大明星去一些健康理疗会所。

"他们专门去那边休息，做做保健。"

司机想了一会儿说："比方来说，像是米克·贾格尔[1]。有意思的是，当时广播里播放的正是滚石乐队的《我欲求不满》。但是他没有跟着一起唱。我是说米克·贾格尔。"

他顿了顿，继续说："如果那个人不是他的话，就应该是一个长得很像他的人。一只眼睛是棕色的，另一只又是蓝色的。"

"你是说大卫·鲍伊[2]？"我问他。他们两人都转过身看着我，开始回想。

"是的，我知道你说的是谁，有可能就是大卫·鲍伊。"

然后司机又一点一滴开始回忆起来，他说他跟他的乘客当时一起听的那首歌，就是关于一个太空人在空中等待的故事。

"不过他比我过去想象的要矮一些。"他说，但是这并没有让他觉得意外，因为大多数名人都要比想象中更小一些。"人们可能要比你想象中的样子高一些或者矮一些。"他最后加了一句。

就在司机通过后视镜观察那位大卫·鲍伊或者米克·贾格尔时，他注意到乘客哼唱那首歌时的厚嘴唇。

"这听起来又像是米克·贾格尔。"我说。

他点了点头。

"好吧，我确定就是他们两个中的一个。"

---

[1] 米克·贾格尔（Mick Jagger，1969— ），英国摇滚歌手，滚石乐队主唱。
[2] 大卫·鲍伊（David Bowie，1947—2016），英国摇滚音乐家、词曲创作人。

那个女人笑了起来。我在想她是否因我而笑。

我们再次回到城里，已经是傍晚，夕阳如血，映红整片天空。街道狭窄又坑坑洼洼，车子就在上面缓慢行驶着。我看到一处小巷子，水管裂开巨大的口子，就像一具被剖开的尸体。

司机帮我们拿行李时，我看到他一直搭在腿上的左手袖管里面空荡荡的。

他举起剩下的半截胳膊。

"是地雷。"他说，然后又说他很幸运，因为只失去了一只耳朵的听力和半截胳膊。

"不同以往的是，我现在只能借助手肘拿东西。"

然后他又用右手拨开盖住一侧耳朵的头发，让我看他那只剩下半截的耳朵，上面的伤口一直延伸到太阳穴处。

"后视镜能够帮我理解人们在说什么。我得先看到，然后才能听到。"他解释说。

对于我这样的人来说：我得先听到，然后才去看。

当我拿着工具箱走进寂静旅馆的入口时，我听到他说："你得知道空袭会解决掉一切人和事。"

那句话更像是说给他自己听的。

第二部

疤 痕

凝视一切的是寂静，寂静

尽管寂静旅馆显然躲过了战争，但和网络上那些照片里的面貌比起来，它已然有了很大的不同。就像褪去了所有色彩，变成了一具许久未曾见到阳光的苍白躯体。空气里也弥漫着霉味。我认出了挂在天花板上的烛台吊灯，它暗淡而隐晦，已经失去了光芒。

前台的年轻男子和司机一样，讲的是英语，他看起来二十岁左右——我差不多是在这个年纪开始写那些关于云层和肉体的日记。他穿了一件白衬衫，系着领带，时不时伸手拨开掉落在自己额头前的一小绺长发。

那女人和我很短暂地并肩站在一起，就像一对要订房间的夫妻，随后我拎着我的工具箱往后退了一步。她填写表格的时候，我四处张望。那年轻人和她低声交谈着。

我立刻发现这个旅馆需要重新整修。墙上到处都是油漆剥落的痕迹，天花板上的砂浆也已经被湿气腐蚀。要说这栋房子已经很久没有供暖了，我也不会觉得惊奇。这里就像一间经历了大雪凛冬之后寒冷的夏日山间小屋。它需要通通风，再做些维修。我在一块隔板上敲了敲，无法辨别出那是什么木材。我们将要穿过一座怎样的森林呢？是桃花心木吗？在这间既是接待室也是休息室的大厅里，有个巨大的壁炉吸引了我。不久之前有人点燃了它，一股烟的气息飘在空气中。

壁炉上方挂着一幅画，画面里有一头在森林中的豹子，它望着画框外的某处，而一位猎人则正盯着这头野兽，眼睛里闪烁着勇者的光芒。那头豹子的眼睛缺乏生气，这让它好像失去了攻击性。

前台的年轻人在和那个女人交谈，他偷偷地瞥了我几眼，而那个女人始终没摘下太阳眼镜，或许是因为旅途让她有点儿偏头痛。

那女人拿着钥匙消失在楼梯口，年轻人转头看我，身子往前倾靠在柜台上："是个电影明星。"

他仿佛正在脑海中回忆着。

"她最近那部电影叫什么名字？"

他想了想。

"《使命英雄》？不对……"他纠正了自己，"好像是《没有使命的英雄》？"

他也不确定，最后他说，已经很久没有在银幕上看见她了。

我得填写好些不同的表格，和在机场一样，都是一些没完没了的问题。

父母。他们的出生地？我得在母亲那行写上胡纳瓦塔省东区一拉赫萨达吕尔吗？家庭情况，子女，亲属，紧急联络电话？如果我发生了什么事情，电话该打给谁？我写下居德伦·莲·约纳斯蒂，留了她的电话号码。接待员在纸上扫了一遍，确保每一格都填写完毕了。

我们还得登记一下身高，他的食指戳在纸上。

我写下一米八五。

等他们要给我做个盒子的时候，这个信息就会派上用场了。

"我觉得应该是一米八三。"年轻人说道。

他为填写这些毫无意义的表格跟我道歉，但不得不遵守规定。尽管只有我们两个人，但他仍然压低了嗓音，谨慎地看了看四周，然后说："我们得搞清楚人们在这个国家干什么。"

他跟我说，这并不是一个很大的旅馆，只有十六个房间，其中五间已经有人住了。

随后他就证实了司机说的话，这个旅馆确实已经好几个月没有来过客人了，然而这一周之间忽然来了三个人。

"您、那位女士，还有一位先生。"他说道，随后又补了一句，说他们在早些时候已经把我房间的供暖打开了。一边说着这些话，他一边展开一张城市地图。手里拿着一支蓝色圆珠笔，在地图上的一些地方打叉做记号，一边评头论足：已经是废墟了，不复存在了……然后拿了一支红色的笔，又在地图上圈了几个地方。

"有地雷，"他说，"在这里、这里，还有这里。不要去森林，也不要去田野里溜达。要避开那些荒地。千万不要去这里、这里、这里、这里，还有这里。那里也别去，还有那里。不要去碰那些蘑菇。地雷是最危险的，因为探测器根本发现不了它们。"

他把钥匙递给我。

"你住在 7 号房。晚上十一点到早上六点有宵禁。电力是限量供应的，每天要断电六个小时。水也一样。如果要用热水，最好在早上九点去洗澡。但不要超过三分钟，不然我姐姐就没热水洗澡了。"

我没有问他为什么他的姐姐要在旅馆里洗澡，不过他自己觉得有必要跟我解释一番："我姐姐也在这里工作。"

他迟疑了片刻。

"说实话，是我们俩在管理这个旅馆。"

他检查起那些表格。

"我发现你预订了一个星期的房间，旅馆的餐厅还没有开始营业，但我们能提供早餐。这条街走到底，那儿有间餐厅，如果我跟他们提前说一声，你去的时候他们会开门的。"

还有件事情，如果我需要找他，只要按铃就行了。他不是一直待在接待处这张桌子后面的，毕竟他还有其他事情要做。

我在旅馆网站上预订了房间。如果我没有记错的话，网站还提到当时建造这座旅馆的过程中，挖地基时发现了古时候浴池的遗迹，还有那堵著名的马赛克墙。我问年轻人，是否能够去看一看。

"我非常想要看看它们。"我说。但年轻人却忽然像是听不懂英语了。

"旅馆可以直接通到那里去，是不是？"

随后我说得更详细了——希望这个细节能够唤醒他的记忆——马赛克墙面的图案是裸体女人。

　　真正让我感兴趣的，其实是那面墙上奇异的背景色。那是一种蓝绿色，据说那些石头来自这个地区最古老的采石场。

　　遗憾的是这个年轻人并不知道那些马赛克的存在，而且也不清楚这个地区还有哪些古老的遗迹。这可能是个误会，他说道，忽然开始忙碌地整理起桌子上的文件来。不过我记得一共才两张纸。

　　"很抱歉。"他说了一句。

　　他对那个古老的浴池也一无所知吗？那些用泥堆出来的浴池，他也不知道吗？

　　是的，他什么都没想起来，但他说自己会去搞清楚的。

　　我朝着楼梯走去的时候，年轻人头也没抬地说了一句："电梯已经坏了。"

　　走去房间的路上，我脑海里忽然闪过这样一个念头：从此时此刻起，我不用再说任何一句我不想说的话了，我可以保持沉默，直到世界终结之时。

在 7 号房里到达人生中一个明确的时刻

转开门锁，打开灯之后，我看见的第一件东西是挂在床上方的那幅画。它和接待处的那幅有些相似，不同之处是那头望着画框之外的豹子变成了一头狮子，而且在这幅画里，猎人和狮子彼此看着对方。

而树叶图案的墙纸，有些小角落已经开始剥落了。

房间里有一张桌子，还有一把扶手椅，雕花的椅脚装了塑料软垫。洗手盆上有一块绢纸包装的力士香皂，还没有开封，包装纸上印着花朵图案。床罩上落了灰，但被单是干净的。

我没有脱衣服就躺到了床罩上，然后打开了床头灯。灯泡闪烁了一会儿，随后灭掉了。我看了一眼手表，还有一个小时就要断电了。我从工具箱里拿出了一把螺丝起子和一支手电筒，把它们放在床头灯边上。

在这漫长旅途之后，我觉得寒冷。

我打开行李箱，把东西拿出来放在桌子上。这没花多少时间。我把红色的衬衫挂进衣橱里，把羊毛套衫放在旁边的架子上，把私人日记本放在桌子上，就在工具箱旁。我还没有在这个国家遇到过一个垃圾桶。我几乎一无所有：我只有九件东西。

我该睡个觉吗？要刷个牙吗？

我拧开水龙头，一开始流出来的是砂浆，然后是浑浊的液体，最后才终于流出水来，但始终带着一丝红色。水很凉，而且水压也没办法用来洗澡。水管里传来嘈杂的声响，它们该检查维修了。

隔壁传来床铺的咯吱声，有人还没有入眠，可能是失眠了，正在床上辗转反侧，或者有两个人，那个女人和这个旅馆的第三个客人，他们满是汗水的肉体正依偎着彼此。我还听见了一个孩子的声音，有人正在唱《摇篮曲》吗？

从窗帘的缝隙向外望，那是一个沉浸在黑暗之中的世界。我听见摩托车发动的声音，随后我就听见蟋蟀吵吵闹闹的鸣叫声。忽然，我听见门后传来沙沙声，好像有什么东西从低处轻轻地刮过。紧接着，什么声音都没有了。

唯独睡莲之下心脏跳动的声音让我无法入眠。

怦、怦、怦。

不过，距离死寂充盈我的胸腔，已经不剩多少时间了。

床罩很冷，被单也很冷。夜里的某一刻，我摸索着走到衣橱边，去取我的毛衣——我并不指望能找到另一床棉被。衣橱的门忽然掉落到我手里。我抓着手电筒看了一下：似乎只剩下铰链还扯着这门板，而铰链全靠两根松动的钉子支撑着。明天，我要从工具箱里找点东西把它们拧回去。我穿上居德伦为我织的毛衣，回到被窝里蜷缩着，像是一个已经四十九岁的胎儿，这时候我想起妈妈，应该也是合乎逻辑的吧?

我又打开了手电筒，拿过其中一本日记，随意地翻到某一页。

在这页纸的上方，正中间的地方，我用蓝色的飘逸字体写道：

人的心脏每分钟跳动七十次。一个生物的身躯越是庞大，心脏就跳动得越慢。大象的心脏每分钟跳动二十三次。当心脏跳动达到某个特定次数，它便会停下来。

在他的翅翼之下，你可以寻得庇护之所

我醒来时看见一只巨大的鸟儿，它在房间里疯狂地挥舞翅膀，盘旋着，就像要准备启程翱翔。随即，它猛冲着从门边消失了，只留下那扇门缓缓地合上。

那是个孩子。

我没有锁门吗？那道门锁很老了，锁眼或许已经坏掉了。

我花了点时间才回想起自己停落在了这颗星球的哪个角落。我没有立刻看手表，而是看着那透过窗帘的光线，先猜了猜此时是几点钟。我睡了整整十个小时，梦中的话语仍然在我的耳畔回响。那是妈妈对我说：与其说是终结了你的存在，不如说，你只是终止了这个你，而成了另一个你。

过了一会儿，有人敲门。一个年轻的女子出现在门边。她穿了一条裙子和一件卷领白色毛衣。她或许和莲年纪相仿。我兀自猜想这便是前台那个年轻男子的姐姐，而我的脑海里一闪而过的是，或许到时候是她发现我，然后跑去告诉大厅里的弟弟，而她的弟弟会叫来警察。

　　她先是为自己的打扰而道歉，随后问我希望她在什么时候来整理床铺，还问我有没有缺什么东西。一条干净的毛巾？当然，今天的热水已经用完了。或许是发现我穿着衣裤睡觉，她盯着我看了一会儿，然后转头看了看四周。工具箱摊开在桌子上，但她的视线停留在那扇斜靠着衣橱的门板上。

　　我站了起来，一边说我会修好这扇门。我能搞定它——是的，这便是我开口说出的话。

　　当我拿起钻子和一盒螺丝的时候，她始终注视着我，她对我说，她弟弟告诉她，我是来度假的。我觉得这是她在向我提出自己的问题——关于我度假的问题。她盯着我，等待我反驳她的说法。

　　"是啊，没错。我正在度假。"

　　"你的行李不多……"

　　我跟她解释说，因为只是短暂逗留。

　　"我不会待很长时间的。"我说道。

　　实际上，我的订房记录里一清二楚地写着我将在这里待一个星期。

　　我听出了她语气中的好奇，也等待着她接下来问我为什么出来度假还带着钻子。但她没有再提问了，只是重复了一遍她弟弟前一晚跟我说过的话，几个月来都没有顾客，这一周却一下子来了三个人，这是很罕见的事情。

　　"我们都希望能继续停火，然后游客会回来，"她说，"我们需要外汇……"

　　我把门板安回衣橱上的时候，她仍旧站在那里看着。这个很快就能搞定。她伸出手来开了开门，确认它已经修好，然后热情地对我说了谢谢。

　　我带来的衬衫正用一个木头衣架挂在衣橱里。

　　房门外忽然出现了一个小不点儿。那是个小男孩。他箭一般地从女孩身前冲过去，肩上搭了一条毛巾充当披风，他就那么一直跑着，在房间里绕了一整圈，随后又一次消失在走廊里。

　　当男孩要跑掉的时候，她朝他说了几句话。我觉得她有点儿心绪不宁。

　　"他在飞，"她向我道歉，"他也不跟其他孩子玩。"

　　这是她的孩子吗，是她把他带到上班的地方来了吗？当那个时刻到来之际——等我选定那个日子——我得告诉她，别带着这个小孩来上班。下周二。我立即决定了，确定就是下周二。

　　我抓住机会，直接开口问她："是你儿子吗？"

　　她点了点头，说幼儿园仍然关闭，而他要到秋天的时候才去上小学。当然，前提是学校的校舍能够修好。

　　她又说自己没办法让这么小的孩子自己待着，也不能让他到外面去玩，因为他可能会跑到布满地雷的地方，甚至连足球场和操场上都发现了好几个。

　　这对年轻的姐弟不仅要经营寂静旅馆，还要照料一个小孩。

　　"我们是在战争快要结束的时候来到这里的，这是我们的最后一站，这座城市再过去就是海了。"她一边开关了几次那扇衣橱的门，一边说道，"说起来，这里就是停下来的地方了。"她就像在对着那衣橱说话。

"你们是这间旅馆的主人吗？"

她迟疑了一下。

"不是，这是我们姑妈的。不过她已经离开这个国家了。应该说，我们是在帮她管理这个旅馆。"

她似乎还想再说点什么，但最后忍住了。

我觉得自己需要搞清楚。

"你和你的弟弟，你们还有那孩子住在这里吗？住在旅馆里？"

她点了点头：他们在等待这个城里的一栋房子。他们本打算搬进那栋房子——除了她儿子和她的弟弟外，还有另外几个女人也这么打算——但那房子受损严重，暂时没电也没水。

"我们住进这里等着。"她说完，把几条毛巾拿进浴室里放好。

我听见她拧开了水龙头。

"水是干净的。"她很惊讶。

她站在浴室门边："没有沙子了。"

"我清理了水管。"

她打开了淋浴头。

"淋浴头也能用了，水是热的。"

她呆住了。

"是，只要把花洒拧下来，把里面的沙子和污垢清理一下就行了。"

她突然走到窗户边，拉开了窗帘。

"我和弟弟小时候经常来这里度假。"

她背对着我站在窗前，沉默了一会儿。

"有些人在那里被子弹打中，倒在墙边，"她说着，用手指了个方向，"旁边有个面包房，所以要去面包房就不得不经过那里。"

我走到窗边。

"那儿？"

"嗯，还能看见墙上留下的弹痕。人们站在那里，要么挤成一团，要么站成一排，然后枪弹就打过来了。"

她解释说，那些战争发生在相邻的地区之间，有时候围攻会持续很久，有些地方甚至会几个月都孤立无援。

"那里的居民通过地道运送食物，才能活下去。"她又补了一句。

我试着想象那一切。从窗户望出去，我很难判断当时枪手应该站在什么位置。

"人们就枪手的身份做了许多猜测。"她继续说道，迟疑了片刻，扭头看了一眼身后，像要确认有没有人站在门边。

她或许是要确认男孩不在那儿。

"有人说那是个唱诗班的成员。"她说着，重新用橡皮筋扎了自己的头发。

我被埋葬在城市的各个角落

　　除了衣橱的那扇门，我今天并没有什么计划要做的事情。没有人知道我，也没有人在等我。妈妈正在冰冷海洋的另一头，一边吃着大黄果酱和奶油，一边听着无线广播里的连载故事。但没有人期待听到我的消息。过去的二十六年时间里，我从未停止工作。在我最后的六天时间里，我要做什么？扣除七个小时的睡眠时间，每天都还有十七个小时等待我去填补完整。

　　"十七乘以六是一百零二小时。"如果是妈妈，她会立刻这样说道。这意味着璀璨的群星将从地平线上升起六次。

　　有什么事情是我想做的吗？

　　我会去看看这座城市，毕竟我说过，也一再重复自己是来度假的。那么，我该去看哪座教堂、哪些遗迹，或者哪个博物馆呢？

　　昨天在接待处，她的弟弟声称自己并不知晓那堵马赛克墙，也不知道其他的遗迹，或许今天他就能回想起来了。

　　我按了两次铃，但过了十分钟年轻人才现身。当他终于出现的时候，他还一边匆匆忙忙地扣着自己衬衫上的纽扣。我发现他穿着一条运动裤，脚上是橡胶帆布鞋。头发上落了灰，还沾了灰色的脏东西，看起来是石灰，或者某种涂料，好像他刚刚在干泥水活儿。他把挂在脖子上的耳机拿下来，放到柜台上，但里面仍在继续播放着洛德①的歌。

我又一次跟他问起关于马赛克墙的事情。

"您有没有找到什么关于那些马赛克的东西？或者那些遗迹？"

"还没有，很遗憾，"他说，"这得花点时间，但我会尽量去找找看。"

我向他提供了其他的一些线索：根据我在网上——确切来说是寂静旅馆的网站——找到的一些信息，那堵马赛克之墙分为两部分。一部分可以追溯到久远的古希腊古罗马年代，而另一部分则是后来新建的，和旅馆的浴场连在一起。

"你不能太相信网上读到的东西，"年轻人说道，"而且这都是战争前的事情了，很多东西在那之后都变了。"

在这一点上，他还谢谢我提醒了他，应该更新网站主页了。

"我会继续去查找线索，如果有进展我会告诉您。"他一边说着，一边把柜台上的地图折起来，然后他问我要去哪里。

"就随便逛逛，散个步。"

他极其迅速地又摊开了一张城市地图，把昨天的忠告又说了一遍：如果我不想被炸得支离破碎，就最好不要踏足那些地方，不要

---

① 洛德（Lorde，1996— ）：新西兰创作型女歌手。

去这里，尤其是那里。然后，他再一次让我当心那些被废弃的地方。

"阳光同样也会照耀着坟墓。"他总结道，随后把地图又折了起来。

由于我起得太晚，已经错过了早餐时间，他跟我推荐了街底的那家餐厅。如果我想去的话，他能给那家餐厅的老板打个电话，告诉他们我会过去。这样一来，就能确定他们会准备好一些东西。

他让我忽然有一种感觉，这个男孩应该正是我儿子的年纪——如果我曾试着去创造另一个生命的话。

你是我擦肩而过的人

我在这世间的土地上。

全然不假。

我把地图摊展开来。没有风，很热，空气里是黄色的尘埃。

广场上有一群灰色的鸽子。我想起司机昨天说的话：战争的时候，连鸟儿都不见踪影。

远处传来巨型器械的沉吟，人们正在建设这座城市。我在狭窄的小巷子里游荡，觉得自己总在相同的街角拐弯。有些房子看起来完好无损，当然，也有一些显然是在匆匆忙忙奔逃之时被人抛弃的。街上没什么人，奇怪的是，我仿佛对擦肩而过的几个人产生了怪异的熟悉之感。有个女人长得很像我以前的小姨子，居德伦的妹妹；还有某个瞬间，我像是看见了斯瓦纽的背影。我仔细观察着那些人，他们却不看我。他们中的许多人失去了一只胳膊，一条腿，或者是身体的某个部分，而他们总是两两走在一起。

我猛地想起居德伦，她有一天毫无征兆地问我，如果遇到危急的情况，我是否愿意给她一个肾脏。我答应了，但开始担忧她的健

康情况，然而她却跟我再三强调自己并没有生病。我心里想：如果
她需要的是我的心脏呢？我会跟她说，我很乐意给她一切我所拥有
的数量超过一个的东西吗？

斯瓦纽会说，这就是女人会问的问题。这是她们在试探我们。

我最后走到了一堵被子弹打得千疮百孔的墙面前。我很确定，
这就是那堵正对我房间窗户的墙，我现在可以靠近它，仔细地看看
它，站在那些人站过的地方——他们毫无察觉，就在正午的日光里，
或是夜色的星光中，被子弹击中了。我抚摩那微温的石块，手指从
那些弹孔上滑过。

"人们都做简单的梦。"这是斯瓦纽跟我说的，"要躲开那些没有
目标的子弹；希望子孙后代不会忘记自己。"看弹孔的数目，这里应
该也执行过死刑。但司机说，他们是被带到一个足球场里处决的。

从我所在的地方，可以很清楚地看见旅馆，我抬起头望向二楼，
那是我房间所在的楼层，有那么一瞬间，仿佛有个人站在窗户旁监
视着我，某个人打开了灯，又关上灯，就像他正在把玩开关，或者
是正在用摩斯电码往城里发送最重要的消息：禁止玩闹。禁止散步。
禁止轰炸。

时间充斥着死去的猫

今天我还不打算死，所以我得吃点东西。

年轻人说的那家琳波餐厅①并不难找，它就在大街上，位于一家理发店和一家儿童服装店中间。理发店虽然关门了，但橱窗里还是摆了两把理发椅，贴着一张索菲亚·罗兰②年轻时的海报。儿童服装店也同街上几乎所有的店铺一样，没有开门。我试着辨认橱窗上的字，搞清楚那些店铺是干什么的。在那些商标和店名里，有些品牌是国际闻名的，我认出某个品牌的一张海报，贴在一面满是裂纹的玻璃窗后："生命短暂，牛仔长存。"

餐厅对面有另外一家童装店，边上是一家叫"维罗纳"的比萨店和一家叫"阿姆斯特丹"的咖啡馆——不过这两家店都已经被遗弃了，大门紧闭。我路过一家电影院，门上挂着大锁，入口旁的破

①琳波餐厅，原文 Limbo 有"地狱"的意思。
②索菲亚·罗兰（Sophia Loren, 1934— ），意大利国宝级女演员，曾获奥斯卡最佳女主角、终身成就奖等奖项。

碎橱窗里，是布鲁斯·威利斯①某部电影的宣传海报，他展示着健美的肱二头肌，额头上涂着伪装的墨迹。

餐厅的红色窗帘都拉上了，看不见里面的情况，不过我走近的时候门大开着。

把我领到窗户边座位的人告诉我，旅馆提前打电话说过我会来，餐点已经在准备了。

他把一张手写的菜单放到我面前，那上面写着"当日主菜"，但没有其他餐点的详细信息，后面写了一个低得出人意料的价格。就算只有在机场换的那些钱，我也能够在这里生活上好几个星期了。

"非常美味。"那人说道。

他为我摆好叉子、酒杯，以及餐巾纸，随后拿来了啤酒。瓶身的商标上写着"尼普顿"②。

我是整个餐厅里唯一的顾客。

"您不会失望的，"他又说道，"是我们的特色菜。"那道菜肴让我等了半个钟头，其间那人来和我交谈，他围着一条围裙，肩上搭着毛巾。

他想知道我来这座城市做什么，还和司机问了一样的问题：我是不是有什么特别的任务。

我又说了一遍自己是来度假的，还一边把我放在桌子上的地图

---

① 布鲁斯·威利斯（Bruce Willis, 1955— ），美国演员、制片人，代表作《虎胆龙威》《第五元素》《敢死队》等。
② 尼普顿，原文 Neptune，有"海王星"的意思。

指给他看。

他问我从什么地方来，我生活的地方最近这些年是不是有过战争。

"从 1238 年之后，我们那里就没有发生过战争了。"我说。

"这么说来，你没有参加过空袭？"

"没有，我们没有军队。"

他还知道今天早上我修好了一扇衣橱的门。

"这类消息总是传得特别快。"他说了一句。

我发现他脚上穿了一双精心打过蜡的优雅皮鞋，和我在街上碰到的那些人一样。

他一下子换了话题，跟我说寂静旅馆属于那对姐弟的姑妈，他们俩只是负责经营。这些我都已经知道了。至于她，就是那个姑妈，听说是个寡妇，她从自己丈夫的堂兄弟那里得到了这家旅馆，而她现在已经离开这个国家了。

"太多的人在战时死去，大家也不知道很多东西到底归属于谁了。"

餐厅的角落里蜷着一只猫。这是我在这里遇到的第一只四脚动物。那人去准备我的主菜时，那只猫站了起来，走过来蹭我的小腿。当我俯身去抚摩它的时候，忽然觉得自己仿佛见过这只身上有灰条纹和黑色鼻头的猫。它看起来和我以前在家门口的街道上经常抚摩的那只小母猫有点儿像，确实如此：连体形都差不多，一样的花纹，一样蓬乱的尾巴。

"战争结束之后，城市里到处都是被遗弃的小动物。"那人回来
了，朝着猫点了点头。

然后他又说道："它们的肉吃起来有点儿像兔肉。"

他把餐盘放到我面前。虽然屋内光线昏暗，但盘中食物的形状
和骨骼都在说明它是某种小动物。那人走了又回来，递给我一把锋
利的餐刀。

一把刀可以用来切面包，也可以用来割破人的喉咙，我心里想。

我对食物向来无所谓，只要肚子饿了，我可以吃掉任何放在我
面前的食物。有时候工作结束回家的时候我就随便买根热狗。自己
也从来不做复杂的食物，只喜欢买已经腌好的排骨，回家炸完，撒
上胡椒盐就能吃，而且我经常直接把锅子端起来，站在灶台跟前吃。

我心想这道菜应该是一只鸟。我也试着回想，哪一种候鸟会在
这个国家短暂停留？它们之后应该会重新起飞，越过整个冰冷而阴
暗的大洋，到达一座春意笼罩的明亮岛屿，在草丛中的石楠木上筑
巢。那个老板兼服务员正坐在桌旁，看着我剔掉餐盘中的骨头，随
后他证实了我的猜疑。

"鸽子。"他说道。

这就说得通了，他的食材就在街上。

"不过不是白鸽。"他说，"我们不是总能找到想要的食材。"

这道主菜的味道让我感到意外。我问他用了什么调料，他忽然
变得兴奋起来。

"孜然。好吃吧？"他说着点了点头，我明白他的这个问句其实

是一个肯定句。"当然啦，这道主菜最好搭配蘑菇，但是我没有写到菜单里，因为采蘑菇实在太危险了。"

老板站在我面前，等待我把餐具放到骨头旁，好拿走我的餐盘。他消失了，但很快又回来了，端着两杯咖啡，还拿来了两只玻璃酒杯。他从一旁的桌子边拉过来一把椅子，坐在我对面，我们又接着聊了一些。咖啡很苦，像白兰地那样烈，但很香。尽管只有我们两个人，他还是朝身后看了一眼，压低嗓门说道："听说你带了把钻子来旅行？"

"他们还说您修好了寂静旅馆里的水管。"

我问他，这些"他们"是谁。

"说实话，"他喝完咖啡，又拿过玻璃酒杯喝了一口，"我是想问您，可不可以帮我做扇门？"

我跟他又说了一遍自己在度假——这已经是我第三次强调了。

这位好脾气的男人并没有因此而放弃，他继续说自己想要把餐厅入口的门换掉，改成那种可朝里外两侧打开的小门。

"这样子我就能看见有谁来了。"

我还没来得及抗议，他已经从衬衫的口袋里掏出一张折好的纸，他摊开这张皱巴巴的纸张，用手掌抚平之后，放到我的面前。

"就是那种腰门。"他说着，用手指了指自己粗糙的铅笔草图。

根据这张铅笔图，这是两扇装了合页的小门，关闭时呈弧形。他在画弧线的时候应该费了不少工夫，因为上面都是橡皮的痕迹。

"看起来就像那种美国西部的酒馆。"我说道。

坐在我对面的老板露出了终于找到知己的神色。他一直在点头。

"就是这样没错。约翰·韦恩①电影里的那种。"

不过我并不是木匠，再说了，我也没有合适的工具。我这么说完，打算站起来。

"没有关系，"他说道，"你只要负责做就行了，我有工具。"

当我掏出钱包打算付钱的时候，他摇了摇头。他只是问我能不能到他的厨房去，帮他看一眼水管的情况。

"下一次吧。"我说。

"好，下次。"

他送我到门边，那只猫也站起来跟了过来。这时我才发现这只小动物是个独眼龙，它的一只眼睛紧闭着。我俯下身去摸了摸它。

"猫总是比人活得长，"老板说，"没准是你的猫，也可能是别人的。"

站在餐厅大门边上，他给我指了指对面那栋房子，某扇晦暗的窗户里有块布告牌——不过我已经在这座城市里的很多地方都见过这东西了——那上面写着：房屋出租。

"很多住户会把房子租给游客。大家都希望一切能回到正轨上。昨晚是旅馆的另一个外国客人来吃饭，今天是您。因此，我们有理由变得乐观起来。"

---

① 约翰·韦恩（John Wayne，1907—1979），美国演员，曾获奥斯卡最佳男主角奖。

当我和你在一起的时候，
我想变成自己七岁时梦想的那种英雄

我回到旅馆，那位电影明星正在前台接待处和年轻人说话。当我走近时，他们忽然都不作声了。

她回过头来，和我打了招呼。

也不知道为什么，我忽然之间很想触碰这个女人，想伸手抚摩她的背——就像那种想要抚摩一只猫或者是一面掉灰的墙壁的冲动。但转瞬之间，另一种感觉占据了我，仿佛期待着风平浪静的天气，抑或是迟迟没有到来的春天，至少它没有在这个当下，或是按照人们期待的方式到来。

"我还在试着搞明白那堵马赛克之墙的事情。"年轻人急切地对我说道，然后又转向了那个女人。

他和她低声说着话，我有一种感觉，他们在讨论我，因为那女人又一次转头看了我一眼，随后和年轻人默契地交换了眼神。

在楼上的走廊里，我听见有人叫我。那是个和我差不多年纪的男人，他正站在其中一扇门后，身上穿着白色的浴袍，脚上是一双豹纹的鞋子，肥硕的腿肚上都是毛。浴袍的带子松松垮垮地系着。

我猜他就是那另一个外国人。

他挥了挥手里装着晶莹的黄色液体的酒瓶子，另一只手里抓着刷牙的杯子正往嘴里送，他在邀请我和他喝一杯。

"不了，谢谢。"我说道。

跟他说我得回房间里的时候，我忽然意识到这听起来并不是什么要紧的事情。他说："这么忙吗？我们来一局象棋怎么样，你会玩塔尔对局吗？"

他摇了摇瓶子，往狭窄的走廊里跨了一步，把手按在另一边的墙上，挡住了我的去路。

他就住在我隔壁的房间，听见钻子的声音时，他以为我在帮旅馆干活儿。我跟他说我是来度假的。他的脸庞上露出欣喜的神色，仿佛猜中了什么。

他再一次提出了自己的问题，想知道我是在为谁工作。

"不为谁工作，"我说道，"只为我自己。"

"谁派你来的？威廉吗？"

"不是。"

"你肯定有个计划。每个人都有自己的计划。做生意就得有目标。"

他压低了嗓门，看了一眼周围。走廊尽头有个拐角，在那一瞬间，我似乎看见了尽头处有个瘦小苍白的赤裸身影，但一下子又消失不见了，就像一只躲避着光的壁虎。

"没有人会毫无理由地来到这里。眼下这里有很多机遇，国家毁了要重建，有很多生意可以做。我有个朋友正在大举收购土地和房产。"

我想起了妈妈说过的话：战争就是一个金库。

这男人站在我面前，往刷牙杯里倒满了酒，然后一饮而空。

我从他背后绕过去，他的声音在我身后回响：从我很小的时候，我就很想杀个人。但是要做成这件事，唯一合法的方式就是参军。我的梦想在十九岁的时候实现了。

我期待着他会问我是否杀过什么。这样一来我就可以跟他说，我杀过鳟鱼。

但他没有这么问，而是接着说："你得自创一套系统，让你的对手看不懂。这就是策略。这才会干得漂亮。塔尔也是这么想的，他带着自己的团队走向胜利，得牺牲一个又一个人。"

梅伊①

  我把钥匙插进锁孔打开门，第一眼看见的是地板上的一摊水，然后发现那个男孩浑身裹着毛巾坐在椅子上，只有脚趾露了出来。他的母亲正忙着换床铺，床单已经卷成一团，枕头丢在地上。我还发现她的头发是湿的。有人把我的那九样东西放在桌子上，一个接一个排成了一条线，就像一列小火车。男孩一看见我，就立刻捂住了自己的耳朵。

  "对不起，"这是那个年轻女子说的第一句话，"你修好了水管之后，这是唯一可以出水的花洒。我们房间里的水压太低了，几乎只能滴出几滴水。我就趁着你不在过来……"

  她说"我们"，把她和自己的儿子都涵盖了进去。

  她说亚当跑出了浴室，所以地上才有一摊水渍。然后他还爬到床上去了。

  所以这个男孩叫亚当。

---

① 梅伊（May），既是女名，又有"五月"之意。

"他太开心了。"她边说边把湿毛巾都收起来。

男孩看着我们，手一直捂在耳朵上。

她再一次跟我道歉，说她应该提前征得我的同意才对。我跟她说没关系，然后我会去看一眼他们房间里的水管。

她建议我换个房间，搬到走廊对面。实际上她已经收拾好那个房间了。

"这样你就看不见那堵都是弹孔的墙壁了，可以和我跟亚当一样，看得见海滩。"

唯一的问题还是水管，她问我能不能也去看看那个房间里的水管。

"看看到底是哪里出了问题。"她又补了一句。

她把裹得紧紧的男孩带回楼上的房间之后，自己又回来了。她拿了塑料绳把湿头发在脑后绾了个发髻，莲以前偶尔会这样做。

收拾我的东西——那九件玩意儿——没花多少时间，然后我就跟着她去了新的房间。

她已经换好床单，拉开了窗帘。她说是飞飞帮她把书桌搬到这里来的。

"我想你应该要写点东西。"她一边说着，一边小心地看着我。

我猜飞飞是她的弟弟，而她指的应该是我那些日记本。

和我原来的房间一样，在床的上方仍然是一幅森林景色的画：绿色的枝丫，绿色的阴影，一片近乎绿色的天空。画中仍然有一圈光晕，而光晕之中是一头豹子。

我走过去，仔细地观察那幅画。

"每个房间里都有一幅画。"她说道，也站到了画前。

我觉得这些画都出自同一位画家的手笔，而且它们的右下角都有一个"AD"的签名缩写。她并不知道画的作者是谁，但画的内容仿佛就是附近的森林。

"在战争开始之前，这里的画家都会画这些树，诗人都喜欢写森林里的气息，还有那些沙沙作响、透下日光的树叶。"她面无表情地说道。

随后她深深地叹了口气。

"如今那座森林已经变成一个可怕的死亡陷阱。到处都塞满了杀人的地雷。胆大的人去到那里，却发现森林的树没有发新芽。要取暖的话，大家也不再去砍树了，而是把木地板铲起来烧火。"

她又叹了气。

"如果不是为了捡松树枝的话，"她低声地说道，"怎么有人会想跑到树林里去冒险呢？"

我的新房间有个往外延伸的阳台，阳台上还有一道好像是逃生用的梯井，往下通到旅馆的后院。她用手指着那花园说，那里已经扫过雷，不过，如果我想走到海滩去的话，最好还是选择小路。

"以前那儿有片高尔夫球场，不过战争的时候都被开垦成菜园子了。"

我们紧挨着站在窗前，凝视着干枯的草木。

"我能回想起战争之前草的味道，"她接着说，语气有一丝迟疑，"还有各种果子的味道，桑葚、覆盆子、草莓……"

　　她忽然停了片刻。

　　"之后就只剩下橡胶燃烧的气味了，金属熔化的味道，尘土和血腥的味道。到处都是血。"

　　她沉默了，过了会儿才开口："战争发生之后的第一个夏天是最艰难的，那时候阳光毒辣，鸟儿叫个不停，花儿刚从寒冷的土地里钻出来，然后炸弹就投下来了。谁也没有料到。"

　　我始终没有说话。

　　"我们等待着雨水。"她说着，仿佛在总结陈词，"已经有两个月没有下雨了，大地已经干涸了。"

　　我们一直站在窗旁，她说完便沉默了。

　　我该告诉这个渴望听见雨点落在锌皮屋顶上噼啪作响的年轻女孩吗？告诉她绿色很快就会从土地里钻出来，她需要做的只是等待？我甚至可以借用那位中枪死去、不知埋骨何处的诗人所写的《梦游人谣》[①]，告诉她，这里将会重新出现绿色，"绿啊，我多么爱你这绿"；告诉她，诗人相信有一个更美好的世界在等着我们，在地平线的那一边放出光芒。这会让她心烦意乱吗？我也可以告诉她，我的叔叔，一个养羊的人，和他的雇工们，会在每个春天到来时，放火烧掉干草，让草木灰留在田地里，黑色的草秆会被烧得挺直，如果火苗蔓延到苔藓和欧石楠上，那就能烧上几个星期不灭，而正

---

①《梦游人谣》（*Somnambulist Ballad*），西班牙诗人费德里科·加西亚·洛尔迦的代表诗作。1936 年，洛尔迦被西班牙右翼军人射杀。

是被烧过的地方，野草将重新生长起来，如此茁壮，绿意盎然。

"我们在想为什么今年的春天没有雨水。"她说。

出租车司机也说了一样的话，"我们等待着雨水"，他说这话的时候正在变速，汽车猛地开到了对面的车道上去，"如果下雨的话，水位能涨高六米。河水会灌入躺满尸体的田地，那些穿着制服的白骨将从深不见底的水底浮起来。到那时候，我们就终于能够好好埋葬死去的人了。"

她忽然转过身来看我，把手伸了出来。到了认识彼此的时候了。

"梅伊。"

我也伸出自己的手。

"约纳斯。"

我们从这一刻起有了更私人的关系。

这也就意味着，我不能在她面前杀死我自己了。

亚当

梅伊和她儿子的房间是位于二楼的 14 号房，看起来和其他房间没什么两样。除了一些玩具，私人物件很少。小男孩穿着睡衣，头发沾了水梳过，正坐在桌边，面前是一个切成四块的苹果。他假装没有看见我。地上有一排塑料小人，排得很整齐，间隔都一样大，有点儿像我桌子上那些工具的摆法。

很明显，这位妈妈和儿子睡在一张床上。一只长毛兔正躺卧在画了狗狗图案的枕头上。

"我们逃出来的时候，几乎什么东西也没带，然后从一个地方再搬到另一个地方，"当我扫视房间的时候，她说道，"亚当是在战争刚刚开始的时候出生的，他从来就没有过自己的家。"

我拿着扳手进了浴室，她也跟进来，我在清理水管的时候，她就挨着我站着。接合处在渗水，我用一卷黑色的胶布把它粘好。

"暂时先这么弄。"我说。

我在修理管道的时候，她就在一旁说话，她说战争开始时，她刚拿到图书馆学的学位，在一个图书馆的童书部工作。

"我们都努力在一次又一次逃亡之间过正常的生活。我什么工作都干,飞飞会照顾亚当。有时候我能赚点儿钱,有时候一分钱也拿不到。"

水的颜色和水压都正常了,这时梅伊拿来一盏床头灯,让我看看线路出了什么问题,她说自己已经换过灯泡,但还是不亮,这又是一件已经坏掉的物什。

我立刻就发现应该更换插头了。

她点了点头,神色严肃而烦恼。

"恐怕很难找到更换的零件了,"她说道,随手把一绺头发绾了回去,"店里什么都没有了,得去找人问问。"

我忽然想起走廊里穿豹纹皮鞋的男人说过的话:如果你有门路,那你要买什么都可以。

她忽然严肃地站到我面前,两手掐腰。她想搞清楚我来到这里的具体原因。

"您说是来度假的,却带着钻子,"她说,"真让人无法相信。"

她把头发上的橡皮筋扯下来,但迅速重新扎好了头发。

我沉默了。在沉默这件事情上我很有天赋。

"妈妈说,你总是不爱开口。"莲这么说过,但那不是事实,因为我们刚刚认识的时候我总是说话。"我说着,G 一直沉默着",这是我那篇关于登山的日记里的句子。

梅伊直勾勾地看着我,眼神始终没有转开。

"您为什么来这里?"

我迟疑了片刻，然后差点儿再一次告诉她，我是来度假的，但我开口说：“我自己也不太清楚。”

“您是来找什么东西的吗？或者要买什么东西？”

“不是。”

“卖些东西？”

“也不是。我没有任何打算。”

我该如何告诉这样一个经受过如此之多苦难的年轻女人，告诉经历过炮火弹雨的她和她的孩子、她的弟弟——在这样一个连河床都流淌着鲜血的国度，几个星期之前行刑队还大开杀戒、染红整片河水的国度——我来这里只是为了自我了断。我不可能跟这些人解释说，我带来工具箱，只不过是为了给自己钉一根牢固的钉子，用来系牢上吊用的绳子，带上钻子就像其他人旅行时带上牙刷一样自然。我也没有办法告诉她——在她已经有了那些不幸经历之后——我还打算给她和她的弟弟一个任务，就是把我从绳子上放下来。我的痛苦与窗外的废墟尘埃相比，简直微不足道。

你知道吗？
这是泪水，是春的泪水，它们落在黑色的沙子上

只剩下我自己一人时，我把通往阳台的门打开了。这花了不少时间，因为旅馆已经好久不曾供暖，木头都发涨了。我需要个木头刨子，但后来我找到几张砂纸，把事情搞定了。要从屋里到外面去，我得用两只手抓住那两颗原本连着门把的螺丝，然后才能把门打开。阳台上有些花盆，里面那些花草都发育不良，我用刷牙杯装水浇灌它们，来来回回走了四趟。

海比我想象的更近，带着一股水果烂熟的气味。我看了一眼，就知道它和我熟悉的那片怒涛汹涌的海洋不一样：没有巨浪，也没有拍打在悬崖峭壁上的白色浪峰。从我的窗户望见的，只是一个装满咸水的巨大池塘或是一面飘摇的镜子。

去往荒芜的海滩时，我并没有按照梅伊的要求走小道，但一路上我发现可以用来烧火取暖的木头已经所剩无几。

没有人愿意去伐木了，这个年轻女人说过。

我该选择走入海洋、自我了断吗？

需要游多远的距离，我才会耗尽自己的力气？

有一只鸟在我的头上盘旋。

它绕了一圈。

它会扑下来攻击我吗？

又一圈。

它飞落下来。它有点儿跛脚，似乎很难再次起飞。在这满是战争和尘土的国家里，连飞禽走兽都是残缺的：狗靠着三条腿踽踽独行，猫只剩一只眼睛，鸟儿跛了脚。

站在海滩上的时候，我忽然回想起我和居德伦在车上瞧见鲸群的那一次。大概有五头鲸鱼，它们游上海岸搁浅了。我们从车子的后备厢里找出铁锹，跑过去在海滩上挖洞，希望它们活下去，最终把它们送回了水中。

"有共同的回忆是很重要的事情。"回到车上时，她说道。

我们是从那之后开始分床睡的吗？

我脱下鞋袜，踩在冰冷的泥沙上，直到脚下出现了一个蓄满咸腥海水的坑，它正把我吸进去。当海水触及我的脚踝时，我转身离开了。

是否可能将我和世界对比？

　　回来之后，我打开了浴室的淋浴头，然后脱去衣裤——还是我到达这里时穿的那一身——浑身赤裸地站在冰冷的地板上。我修过了水管，流出来的水已经不再是红色的了。

　　我的面前是一面镜子，里面正映照出一具不知名的男性躯体，胸口处文着一朵雪白色的莲花，仿佛是绣在白纱上的一个标志。我已经有很多年不看镜子里的自己了——至少没有看过完整的自己。我以前这么做过吗？公寓里那些镜子从来不是为一个身高一米八五的男人设计的。我看向洗手台上的镜子是为了刮胡子，而不是为了观看自己。

　　我瘦了——这是妈妈说的。

　　我无所遮蔽。这真是荒唐可笑。

　　我摸了摸自己手臂和腹部的肌肉，但我很难说清楚自己是不是镜子里那个人，或者其他什么人。

　　我的头发还很浓密，就像妈妈说的那样。它们就像刷子上的毛，直挺挺地朝着天。但头发几乎全白了。

这一边是我，另一边则是我的躯体。两者都是陌生的。

我们读过同一所学校吗？他是我在马路上工作时见过的那个人吗？我们认识吗？这会是那个曾经醉心于思索星空的年轻人吗？

阳光已经有些时间没照过这副身躯了，至少没有完全地照过它。我的上一次日光浴要回溯到十七年前。那是 6 月一个反常的温暖日子，阴影之处也有 17 摄氏度。我穿着泳裤，正在给居德伦钉一个箱子，用来种她那十株草莓苗。我不让自己躺下，因为我是个直立人，就应该始终站立着，去做该做的事情。

居德伦躺在种满草莓的花坛旁，沐浴在阳光中，海风吹拂过她红棕色的头发和粉色的脸颊，雀斑正一点一点变得明显。她时不时用手肘撑起自己，给身上各处再抹一些防晒霜。她拿着一本书，读了几行，闭上了眼睛。一株小灌木的影子在延伸，很快她就需要带着毛巾换个地方了，离草地更远一些，到阳光中去。

我打开新房间里的灯，所有的灯泡都亮了。黑暗迅速在城里蔓延，像一条羊毛毯子，凉意也随之降临。有一条狗在吠——是那条只有三条腿的狗吗？——随后吠叫声消散了。

睡觉前我该做什么呢？

我去拿出其中一本日记，然后坐到床上。它是中间的那一本，我们都在这里了，曾经的我和现在的我，一个年轻人和一个已届中年的人。

是什么促使一个二十岁的男孩动笔下这些：**感谢生命，妈妈。**为什么不是爸爸？我感谢妈妈让我来到这个世界，我也感谢那些和我睡过觉的女孩子。我是个懂得表达感激的男人。

我继续往下读。

妈妈说她以前希望自己有个女儿。

我也是，我多么希望自己有个姐妹。我有女朋友，她们取代了她。我和她们睡觉。一个星期就和四个女孩睡了，如果日记里已经全部把她们记录下来的话。

除此之外，这个在日记里描绘了云朵和女孩身体的男孩形象就模糊不清了。然而有一点是清楚的，那就是我们——他和我，在这一点上是一样的：他并不比我更了解他是谁。

在 10 月 24 日那天的日记里，他清楚地写下了：*我还不存在*。

往后翻了几页，有一句话被划掉了，但它还是可以看得清楚的：*我该如何成为我？*

N 这个字母经常出现，还有其他的一些字母，K、A、L、S 和 G，我读了一会儿就明白过来这个 N 并不是某个和我睡过觉的女孩名字的缩写，因为在某个地方，N 被完整地写出来了，那是尼采（Nietzsche）。顺着那些日期，还有时不时出现的摘抄，我发现自己花了一年的时间读完《善恶的彼岸》，正是我读大学的那年。我的日记本仿佛也是个笔记本。

不管他仍具有什么"个性"，这种个性在他看来都是偶然

的、任意的，而且常常令人不安。他尽力思考"自我"，可总是思考得不对；他动辄便把自己和其他人搞混，误解了自身最基本的需求。

让我惊讶的是，死亡无处不在，每隔三页就出现一次，比如这里写的关于痛苦的美妙体验。

爸爸去世后两天，我写道：人会死。其他的人。有人会死。当我说"有人"的时候，我就是在说自己。我会死。因为生命是万物之中最脆弱的东西。如果有一天，我有孩子了，他们也会死去。当这发生的时候，我已经不在了，我无法抓住他们的手，给他们安慰。

隔年的 4 月 14 日，我写的是：在我们这个纬度上，人们会在春天的时候自杀。他们无法接受世界正在复苏的事实，一切将从头来过，除了他们。

写下这些的人不是个坏家伙。他天真而充满善意。我注意到行文之中对季节和云彩的描述逐渐被其他的一些关于自然环境的担忧所取代，他写到了臭氧层的破洞、二氧化碳的排放污染，还有全球变暖。冰川在缩小，最终将会消失。再过个几十年，这块巨大的冰冻水库将会消失无踪。

眼下，我会和这个男孩说什么？如果他是我儿子呢？

我翻过纸页。

这一页的最上边写着：我不再信神了，恐怕他也已经不再信我了。

我很快翻完了整本日记。

在倒数第二页的地方，我发现这个曾经的我去献了血。

去了趟献血中心。然后另起一行，下面写着四个字：**我眩晕了。**

这趟献血中心之旅似乎引来了最后一页留下的两段有趣报告。

> **做过的地点列表：**
>
> 床（A、K、L、D、G、S）、墓地（E）、汽车（K）、楼梯（H）、浴室（L）、夏日小屋（K）、公共泳池（S）、火山口（G）

然后下面又写道：

> **没做的地方：献血中心、博物馆、警察局等。**

我合上日记本，关了灯。当我完全沉入黑暗中之时，该想些什么？我正坐在一个旋转木马上，手里挽着居德伦·莲——她选了一头独角兽——而她的妈妈，我的妻子，正在朝我们挥手。那时，一切都在旋转，世界正在以光速膨胀。我们也朝她挥手。随后世界放慢了速度，开始缩小，直到变成一只微小的瞳眸，直到它熄灭那一刻，直到我熄灭之时。

美妙的经历，痛苦唤醒了希望

除了挂在衣柜里那件衬衫，我没有其他的换洗衣物了。我想做什么？为什么我没有带其他东西？我取下红衬衫，穿上了它。

我摸了摸脸颊，需要刮个胡子吗？已经四天了，不过我没有剃刀。

旅馆的商店里没准有剃刀，梅伊这么说过。

我按了前台的铃，等着。

"梅伊说我们有剃须刀？"这是年轻人的回话。

他站在接待处的柜台后面，穿着牛仔裤和一件带帽子的运动衫。他已经不穿白衬衫了，但我发现他的头发上有些白色的粉末，像是撒了些面粉在上面。他把耳机从耳朵上摘下来。

"是的，他说旅馆里有个小商店。"

"战争的时候全部都收起来了，"他思考了片刻后说道，"那是我来这里之前的事情。"

他在一只抽屉里摸索着，终于扯出了一串钥匙。

"应该有一把能用。"他说完，领着我走到柜台后面的走廊里去，走下台阶来到一扇关着的门前。

他试了好几次，想找出正确的钥匙。

"我觉得这个房间里放着存货。"他一边解释一边试着钥匙。

门终于开了，年轻人花了些时间才找到灯的开关，随后他脸上露出了和我一样震惊的神情。

这个房间没有窗户，但很宽敞，塞满了各式各样的物件。可以卖给游客的纪念品堆叠在货架上，还有地上的纸箱子里也满满都是。房间的中央有一个放明信片的架子，边上另一个架子则挂满了太阳眼镜。另外几个货架上摆着泳衣，价码牌还挂在上面，还有潜水镜、沙滩玩具和毛巾。我在一堆充气动物气球跟前睁大了眼睛，它们已经泄气变形了：一条张着无力大嘴的绿色鳄鱼、一头完全瘪掉的豹子、黄色的长颈鹿，还有紫色的海豚。我还看见一个装满了圆珠笔的盒子，笔身上都印着"寂静旅馆"。

毋庸置疑，这里就是储货间。过往世界的遗留之迹。一个明亮世界留存的痕迹。

年轻人把几个小玩意儿放在手里看了又看，就像个进了玩具店的小男孩，带着一丝明显的困惑。

"我还没有完整地看过这个旅馆，"他承认道，"我和梅伊来到这里也才五个月。"

从他的话音里，我听得出来，他有点儿不知道该从哪里动手。

"剃须刀肯定在什么地方。"

他走到一堆货物之中，小心翼翼地打开那些木箱子、纸箱子：

先是一些防晒霜、唇膏、肥皂，然后有些填色画册、扑克牌和洗漱套组。

房间的角落里，一个半开的箱子里堆满了书。

"应该是以前的住客落下的书。"年轻人快速查看之后说道。他在纸箱子里翻了翻："有很多不同的语言。"他总结了一句。

我俯下身，手指在一排书脊上滑过。有托马斯·曼的《魔山》和《浮士德博士》、塞尔玛·拉格洛夫①的《耶路撒冷》、艾米丽·狄金森的诗集、沃尔特·惠特曼的《草叶集》、弗吉尼亚·伍尔夫的《一间自己的房间》，还有伊丽莎白·毕肖普②的一本诗集。我翻开那本诗集，读了几行。*失去的艺术不难掌握。因为如此多的事物似乎都有意消失。*这位女诗人如此写道，她失去了自己的母亲、一座房子、几座城市、两条河和一片大洲。

每天丢失一些物件。

接受失去房间钥匙的慌张……

我把手里的诗集放回纸箱里，拿出了一本《叶芝诗集》，随意翻了几页，停在某几句上：**万物溃散，中心再难持衡。**

---

① 塞尔玛·拉格洛夫（Selma Lagerlöf, 1858—1940），瑞典作家，曾获 1909 年诺贝尔文学奖，代表作《骑鹅历险记》。
② 伊丽莎白·毕肖普（Elizabeth Bishop, 1911—1979），美国著名女诗人，美国 1949—1950 年度桂冠诗人，1956 年获普利策奖。下文诗句出自她的诗作《一种艺术》（*One Art*），译文参考了包慧怡版本。

我翻看这些书的时候，年轻人一直看着我。

"那些客人已经不要这些书了，他们不喜欢，才会丢在这里。要是你喜欢的话可以拿几本去读。梅伊跟我说，你自己也会写一些东西。"

他俯身看着箱子里各种各样的东西，脸上似乎有一丝窘迫。

"我以前想学历史，"他抬起头说道，"如果我已经去上大学的话。不过自从发现历史都是由胜利者书写的之后，我就打消了这个念头。"

他站了起来，手里拿着一袋一次性剃须刀。

"我们只有这种红色的了。"他把袋子递给我，里面有六把剃须刀。

我会试试的。我还跟年轻人说自己要从盒子里拿一支圆珠笔，然后便把它放进衬衫的口袋里了。

他问我是否还需要其他的什么东西。

"没有了，我想没有。"

"要拿几个避孕套吗，约纳斯先生？"

"不用了，谢谢。"

他说自己并不清楚这些东西的价格，但他会把剃须刀记到我的账单上。

我瞧见他扫视了房间，还搬动了架子上的一些货品，好像在找某件东西。

在这狭小的房间里，我们俩显得有些亲密，于是我下定决心再一次提起那堵马赛克墙。在我这一次试探之后，他对我说，关于那堵墙最让人惊奇的是，他完全找不到任何踪迹，而且附近也完全没有人知道这个地方有过温泉。

"这真的是太奇怪了。"他说。

趁着他停顿的间隙，我抓住机会又强调了一次。没错，这倒是真的。他现在可以想起来这个地方曾经有过一些温泉。他也确认那些旅馆地底下存在的浴场，不过它们早就已经不再开放了。

但他关于马赛克墙的话语，仍然躲躲闪闪。

"你说得没错，不过，以前的时候，"——他强调了以前，"这附近某个地方确实有个出名的壁画，但是它现在已经不再对游客开放了。"

我们谈话的时候，他一边不断地打开一个个纸箱子，检查完里面的货品之后又合上。

"它们会重新开放吗？"

他又开始支支吾吾。

"嗯，实际的情况是，壁画被保护起来了。"

他站在放明信片的旋转架旁，正漫不经心地转着那个架子。

"我们发现游客又回来了，没准会重新安排几个人到那儿去接待游客吧。"他说道。

欲望比痛苦更强大

　　我们有三个人，分坐在三张桌子前吃早餐。女演员坐在靠窗的位置，桌上放着面包片和咖啡，还有一沓文件。我和她致意了三次。我隔壁的房客则坐在另一张桌子前，我们三人便是全部顾客了。各种颜色的纸灯笼从天花板上垂挂下来，整个大厅仿佛为了某次宴会而装饰了一番。

　　"这是战争刚刚开始时的事情，"飞飞端来了咖啡，"婚礼最后取消了。后来他们会在这里办舞会，一年一次，迎接新年到来。"

　　有蜂蜜可以抹在面包片上，这让我想起预订房间时，在网站上读到的那些关于当地养蜂业的内容。飞飞说，蜜蜂随着战争已经消失得无影无踪，蜂蜜的生产也就随之停止了。

　　女演员和我对视了一眼，她露出微笑，站了起来，一手端着咖啡，另一只手抓起那些纸张，朝我走了过来。我隔壁房客的眼神追随着我们，她和我——他换了张椅子，坐到了一个更方便观察我们的位置上。

　　阿尔弗雷德——他是这么自我介绍的——穿了一件黄色天鹅绒

外套和一条百慕大短裤，脚上是条纹袜子。

女演员问我，她能否坐到我的桌子旁。她放下手里的报纸，碰了碰自己脖子上的丝巾。

一切都很缓慢。

她说在海岸边见过我。

"我去看看海水是不是咸的。"

她笑了。

"所以呢？"

"确实是咸的。"

她望向窗外。

"这和您家乡的海不一样。"

"是啊，的确和我家乡的海不一样。"

一个女人对我说话，而我也迅速地重复了她的字句。她告诉我，她是在这个国家出生的，也在这个国家长大，不过在战争开始许久之前，她就已经离开了。

"后来我们在这里拍过一部电影。这种事情经常发生，在某个地方拍的电影，总是会被认为是在其他地方拍摄的。"

她说着，我沉默着。

我喜欢坐在一个女人对面，然后保持沉默。

"拍摄的最后一天，我站在这里，"她指着旅馆门口的广场，说道，"我的搭档也在那儿，"她又指了一次，"他要演一场被子弹打中的戏。我们重拍了六次，用掉了好几升的假血。天黑了之后，我们

玩得很开心。大家都在吹牛，然后，一切都变成真实的了，只有电
影是假的。"

她突然不说话了，看了看周围。那个住 9 号房的男人消失了。

"战争开始前几个月，有一些人陆陆续续消失了，记者、大学
教授，还有艺术家。然后就轮到那些普通人了，邻居们也开始消失。
那些都是拒绝接受官方政治意见的人。有些家庭一起消失，就像从
来没有存在过。这个国家忽然就到处都是军队了。"

我们两人沉默了片刻，然后她开口道："当人们意识到真相，却
知道自己没有办法改变的时候，他们都很绝望。"

她把身子往前倾，直勾勾地看着我。

"以前城里有个动物园，"她压低了嗓音，"但是所有的动物都在
战争爆发的时候被杀掉了。有人说，一头野兽逃走了。一头体格庞
大的雄性动物。是什么动物呢？有些人说是老虎，有些说是美洲豹，
还有些说是黑豹。所有的故事到处流传，变成它现在的样子。还有
人说，这头野兽带头重建了自己的领地。"

她又调整了一次自己脖子上的丝巾，喝光了咖啡，拿小勺搅着
沉在杯底的糖。

然后她告诉我，她要出发去一趟乡下，十天后回来。她要回去
看看自己的家人，不过也是去为一部纪录片确认几个拍摄地点，还
要找几个采访对象。

"纪录片是关于战后的女人们如何一起生活的，"她说着，挥了
挥手里的那沓纸，那是纪录片的脚本，"她们的肩上承担着让家庭延

续下去的重任。"

她又说了一些其他的东西，但我有点儿心不在焉，思绪停留在她说自己还要回来这件事情上。

"十天后你已经走了吗？"她问道，语气里的漠不关心显得十分刻意。

我思忖着。在这死亡之国，死去并不是一件太过紧迫的事情。

"不，我觉得我应该还没走。"

我心想，这是个我可以停留的地方。

世上的声音如此之多，无一不蕴含意义①

我上楼回房间的时候，梅伊在走廊里等我。她有件事要请求我。

她是这么说的："我想对您提个正式的请求。"

她穿着一件黑色的长袖衬衫，迟疑地站在我的房门前，深吸了一口气。

"我和我弟弟讨论了一下，我们想请求您帮我们给旅馆做一些修整活计，或者说……维修。"

她停住了。

"当然，是在你没有外出观光的时候……"

她似乎不太习惯说出"观光"这个词。

梅伊说他们没办法付给我很多钱，因为旅馆没什么客人——除了我们三个，女演员、那个男人和我——所以，他们没什么收入。他们想用住宿费和餐费来抵。他们觉得，没准我会想待久一些，给自己的假期再延长一些时日——她说这些话的时候有些紧张，好像

---

① 《圣经·哥林多前书》14:10，和合本译为：世上的声音，或者甚多，却没有一样是无意思的。

在努力把这些词都一起说出来，假期和假期。多待两个星期或者三
个星期也行。

"我和飞飞昨晚讨论的，"她最后说道，"我们都同意。"

至于是同意了什么，梅伊没有说。

她走进房间里，站在我面前。她绑了个马尾，就像莲一样。

"这儿没多少男人了，"她说，"也没有工具。没有在战争中死掉
或者逃走的人，都有其他的事情要做。一整代男人都消失了。外国
的包工头又不想来修衣橱门或者门把手。"

我跟她又说了一遍，我不是木匠也不是管道工，也不是水电工。

"但你有钻子。"

我思忖了片刻。因为我已经跟那位女演员说过，自己会待到她
回来的时候，那至少有一个多星期的时间，我得找点事情做。我没
有直接答应，但我说："我也很想帮你们。不过我没法全部做完，只
能做一点事情。"

她开心地笑了。

然后又恢复了严肃的神情。

"可以明天就开始吗？"

"现在开始也可以。"

智人 I
（工匠）

旅馆一共有十六个房间，找出所有房间的钥匙花了点时间。我们一层一层走上去，梅伊打开一个个房门，又一个个关上。我们走进一间间落满灰尘的房间，她拉开窗帘，告诉我在每个房间分别需要做什么。

虽然我希望自己手里能有些更好的工具，但大多数都是些小问题，很容易就能处理。我想起自己的大工具箱，它被收在地下室里，在海的另一头。好些衣橱的门都只剩一条链子撑着了，锁、门把手，还有窗把都需要修一修。我同时还要检查管道、开关、线路、插头和插座的情况。

每个房间都有各自的装潢，但它们的共同点是壁炉上面都有一面镀金框装裱的镜子，床的上方则是一幅画着动物和猎人的森林画作。已经很久没有供暖了，房间里飘着一股浓重的霉味。墙已经开裂，许多地方受了潮，天花板上的漆也剥落了。可能因为年代久远，每个房间里墙上的壁纸黏合处都已经脱胶，壁纸耷拉了下来。

我没有和梅伊说起油漆的事情，心想这太难处理了。相反，家具倒是质量都很好，总体上来说，整个旅馆的状态还不错。

"和这个国家的其他东西比起来，确实还不错。"梅伊强调道。

我建议先给房间都通通风，这样墙壁也能干燥一些。地板上都铺着手工编织的地毯，但已经很破旧了。我说，应该把它们都卷起来，拿到外面去掸掸灰。

我们卷起了第一张地毯，眼前出现了漂亮的绿松石地砖，上面特别的几何图饰连绵铺展，让人想起了迷宫。

我拿着地毯，和她站在原地，就在房间的正中央，盯着地上的方砖看。

"是啊，我觉得我们正在老城区的中间，"她解释道，"每个城市都有自己的图饰，或者以前是有的，就像这些方砖上的一样。绿松石色是这个城市的标志性颜色，它们以前都是在附近的一个采石场里被发现的。"

这和我找到的马赛克墙的相关信息一致，不过没有人知道那堵墙，也找不到一点儿踪迹。

梅伊在房间里转了一圈，眼睛始终盯着地上的砖。她说自己的父亲是古文字学家，而他有些朋友是考古学家。我努力不让自己回想起坐车来旅馆路上经过的那个国家档案馆废墟。她没有再说关于地砖的事情了，而是坐到了床上，把脸埋进了自己的手掌里。

"我爸爸以前是国家档案馆古文字学系的系主任，他就是在那里遇害的。我们后来获准去运回他的遗体，他们就把他丢在街角。"

她又一次陷入沉默。

"一颗子弹打在他头上，我们没有让孩子看他外祖父最后的样子。"

我把卷好的地毯竖起来，靠在房间的角落里，搬了张椅子过来，坐在她面前。

"妈妈为了离开等待得太久了。"她低声说道。

眼前这个年轻的女人，身穿裙子，蓝色的衬衣最上边的几个扣子轻轻地开了。我该告诉她吗？告诉她，有些时候，人们也会铸剑为犁？这是不是无法想象？告诉她，哪怕曾经是野兽，也有重新变成人的一天？还是说，这完全是不可能的？

她从口袋里掏出纸巾，擤了擤鼻子。

"突然之间，整个国家就到处塞满了军队，某个悲伤的日子，一瞬间，战争就开始了。"她说，"流言四起，没有人知道到底发生了什么。"

她停了片刻，又开口说："我们不知道该相信谁，因为所有人口径一致，但他们又忽然受到敌军的袭击。他们说敌人杀了无辜的女人和小孩，他们还拿出了受害人的照片。大家都说没得选了，只能起来反击。"

她摇了摇头。

"无法想象，为什么会有这样的深仇大恨呢？突然之间，所有人都互相仇恨。"

梅伊说的话让我想起了妈妈。从恶的心里诞生了复仇的欲望，这是她经常说的。她还会说：是仇恨滋养了仇恨，是鲜血换来了鲜血。

　　"死亡不是问题，"她继续说道，眼睛盯着我看，嘴唇轻轻颤抖着，"我从来不害怕被打死，或是被消灭。但是一旦被他们抓住，你会死一百次。"

智人Ⅱ
（工匠）

她走在前面，我拎着工具箱跟着。

"这个需要修一修。"她说。

然后我就动手修理。

我把花洒转下来。通常把管道里的沙子和小石子清干净后，水流就会变得越来越清澈，水压也会恢复正常。盥洗台也是这么处理。我建议她把那些破旧的地毯都收起来，让那些漂亮的地砖重见天日。

"你太高了，换灯泡的时候都不需要搬椅子垫脚。"她忽然说道，然而那时我正站在一张椅子上，正要把天花板上的灯泡拧下来。

我从壁炉上的镜子里看到了自己，想起几天前我也站在一张椅子上，试图找寻横梁上的一个挂钩。那把椅子不是很稳，我就像走钢索那样摇摇晃晃。我穿着那件红色衬衣，它覆盖住那朵白色的睡莲，而睡莲的下面是我仍然跳动的心脏。我张开双臂，挺直了身子，像一只要展翅起飞的鸟儿。然后我就从椅子上跳下来了，去拿装着灯泡的袋子。

我干活儿的时候，她跟我说话。

她说话的时候，我干活儿。

"我们有过一架钢琴。"

或者是："有一次，我在街上看见了手指头。上面还有个戒指。你说，我该为这根指头做点什么？"

又或是："每当我醒来，我总是得花上一两分钟的时间才能想起，现在是战争时期。那一两分钟是一天中最美好的时光。"

我在心中默默计算着，一天有多少分钟。要是妈妈的话，她会马上回答说，一天有一千四百四十分钟。

"而当万籁俱寂之时，我就知道，一切将在明天重新到来。"

有时候听她讲了些事情之后，我会在心里想：她有些像我。我总是这么想。或者是，当她说到其他的什么事情，我会猜，她心里其实在想别的东西。更或者，她有时刚要对我说什么，却突然改变主意，不再出声了。

那个小男孩和往常一样，围着他妈妈绕圈，又时不时消失。他有点胆小认生，总站在离我很远的地方。但我在他身上看见与日俱增的好奇正逐渐消除他的畏惧。他对工具箱很有兴趣，这让他终于走了过来，把一个螺丝钉递给我。但还是很难跟他直接对视。每次我看他，或者跟他说话，他就逃走了。他走近的时候，我看见他的眉毛上边有一个很大的疤痕。

"是老鼠咬的，"他妈妈说，"逃难的时候，我们曾经在一个地下室的地板上睡了几个月。"

每次我一拿起电钻，小男孩就捂住自己的耳朵，躲到桌子下面。他就待在那里，蹲着，膝盖顶着自己的下巴，手掌紧紧地按在自己耳朵上。

"他以为这是枪。"他妈妈说。

过了会儿，他又会走回来，搬把椅子到房间的中央，爬上去坐着，隔着一个合适的距离看我们干活儿。我听见他在自言自语。

"他重新开口说话了，"梅伊说，"这一年来他都没有张过嘴。"

这孩子会因为听不懂我们的对话生气。他妈妈就朝他俯下身说话，我觉得她像是在给他总结我们的对话，因为他会时不时点头，然后看看我，再看看他妈妈。

我发现，当她跟他说话的时候，他会把自己的左耳转过来，歪斜着脑袋。

梅伊跟我解释了这个事情：他的听力受到损伤了。

"从空袭中活下来的人都会听觉受损，有的完全聋了，有的失去部分听力。一开始只是附近地方开火，到处是枪声，随后炸弹就爆炸了。"

她像是在想什么，眼神变得遥远了。

"一开始是一阵呼呼的声音，紧接着天空中闪过一道黄色的光，大地在震动，墙也在晃动。虽然是夜里，但是那一瞬间跟白天一样亮。我们的耳朵里一直有轰鸣的声音，浑身的肌肉都僵着，好几天，好几个星期，甚至好几个月都那样。"

斯瓦纽的话又浮现在我脑海里。

　　"有件事情是确定的，那就是人们都会独自死去。"那时我们正站在夕阳下的一个码头上，沉浸在火红的日落余晖中，"除非我们活在一个到处都是空袭的国家。那就有机会，在某个瞬间，全家人一起从这个世界上消失。"

眼前所见

我在想，除了拿条毛巾当斗篷到处跑，找地方躲起来，这个男孩是不是就没有其他的事情做了？我和梅伊提了这件事。

"他坐不住。"她说。

他会画画吗？我想起曾在旅馆的储货间里看见过画纸和彩色铅笔。

等待飞飞来前台的时候，我看见了那个放明信片的旋转架。我转动它，随意看着那些明信片：一对惬意的爱人坐在广场的一张长椅上，正在吃冰激凌，四周鲜花绽放，或者是年轻的女孩子们躺在沙滩上做日光浴，健美的腿正在海水里拍打。让我感到惊讶的是那些明亮的色彩，还有湛蓝的天空、金色的沙子，整个世界还是彩色的，照片上的人并不知道什么在等待着他们，他们仍然活着，两条腿也还一样长，他们还有对未来的期望和规划，或许正在计划换一辆车，或者是换一套新的厨具，或者是到国外去旅游。我的视线很快被其中几张明信片吸引了，它们从各个角度拍了一面马赛克墙，有些只拍了局部，有些拍下了整面墙。可以看见上面有些披着透明轻纱的女性身体，一个女子正在溪流边取水，另一个在河中沐浴，还有一个正在轻嗅一朵含苞待放的花儿。明信片的背面用三种语言写道：这些马赛克作品都在寂静旅馆里。这和我在网上找到的信息吻合。

年轻人出现的时候，我挥了挥手里的明信片。

"这上面就是我跟你们说过的马赛克墙。"

他从一旁低下头仔细地查看着，拇指和食指紧紧地捏着明信片的一角。我明白过来，他正在思考着什么，在争取一些时间。

"是的，"他终于开口了，"梅伊和我正打算跟你说这件事情。"

他斟酌着自己的用字，说得很慢。

"实话说，一开始，我们就觉得你是为了马赛克墙来的。"

他看起来局促不安。

"怎么说呢，因为你带着工具箱。这个国家的古老遗迹正在一点一点消失。"

随后他跟我解释，他收到了一些指示，不要跟外国人提到这些古迹。

"我们必须确认你和其他客人不一样。"

"其他客人"指的应该就是我隔壁那个男人。他说过，战争结束之后，一切都可以买卖。

"我跟梅伊说，你只买了剃须刀，拿了一支圆珠笔。然后又来三次，每次都是还了本书，再借走一本。"

他转动旋转架，把明信片放回原位。

　　"但你现在某种程度上也成了旅馆的员工了，情况就完全不一样了。"他低声说道，"所以，如果你想看的话，我和我姐姐决定让你看看那面马赛克墙。时间由你安排。"

三个乳房

　　我跟在飞飞身后，来到地下室，经过储货间后，他用钥匙打开了一扇门，我们进来之后，他又用钥匙锁上了。

　　马赛克墙出现在我们眼前，它是如此巨大，比我想象中的要大得多。墙面分为两部分：一部分是古墙，那就是这座城市引以为傲的古迹，是在挖旅馆地基的时候发现的；另一部分则是年代比较近的新墙，作为原作的延伸，很有可能是在旅馆建造的过程中创作的。古墙被一面玻璃板与浴池隔开了。但是那些浴池里并没有水，早就干了。

　　"这些浴池有六百多年历史了。"年轻人说道。

　　我们两个男人站在一起，注视着眼前这幅没有男人的图景：那些女性的身体映入我们的眼帘，我们看见了她们的肉体，丰满的线条、如半个柠檬般精致的乳房，还有纤细的腰、宽阔的臀。在居德伦之前，我已经认识过多少女性的身体呢？ K 在我的日记本里出现了两次，还有 B、M、E 也是两次，那是同一个人吗？然后还有 J 和 T，S 则出现了三次。把眼前这些肉体与我自己亲密探索过的身体相比，我在记忆里搜寻了一番，不得不承认，自己已经不能再完整地想起那些女人了。我能想起的，只有她们身体的某个部分，某个乳房、手腕，或是白皙的颈、某一寸肌肤，如果当时开着灯，我还能想起一扇开着的衣柜门，看见某条用衣架挂起来的裙子——但我无法想起任何一副完整的身体了。

在墙的后面，我们发现了和房间地砖一样的绿松石色，那颜色看起来就像是被黑色沙子围住的冰川。

"这种石头会把光吸进去，"年轻人说道，"所以这堵墙看起来像在发亮，仿佛光是从墙内散发出来的。"

让我感到意外的是，马赛克墙的一些部分似乎被人从墙上剥下，散落在地上。

我的向导解释说，这些古迹和文化名胜在战争期间都被人有意地破坏了，因此它们后来被藏匿起来，或者被转移到其他地方去。大家一开始打算把马赛克墙转移到其他地方保护起来，所以得先把它分成很多小块。

画面上，有的女子少了一个乳房，有的少了一条腿，或者是髋部，或者是脚跟，乃至手、耳朵和臀部。

"我把这些碎片都收好，找到它们原来的位置，还做了记号。我觉得所有的部分都找到了，除了三个乳房。它们应该还在这里的某个地方。"他边说边环看四周。

一些碎片上确实贴了标签，上面手写了一些字。

"不过没有人知道该怎么修复它，"他略带歉意地说道，"有几个考古学家要来评估受损的情况，如果一切顺利的话，应该过几个星期他们就会到这里。"

新墙则不一样——在我看来，它是用普通的砖贴成的。表现的主题是一致的——裸体的女人——但手法和人体的风格完全不同：她们有硕大的乳房、女童般窄小的髋部和蝈蝈一样的长腿。

"像烤肉串。"飞飞点评了一句，我点头表示同意。

年轻人自己也做了一些铺补砖块的工作，地上放着一袋砂浆、一把抹刀和一些类似的工具，一旁还堆着些瓷砖。

"我自己试了一下，"他一边说一边指了指那些缺少砖块的地方，"如果和平能持续的话，我们想让浴池明年重新开放。"

他看起来对自己的修复工作没什么信心，很显然他对专业的泥水活儿所知不多。我自己倒是能给自家的浴室铺个砖，所以看到他用来填补缝隙的那些砂浆时，我有些惊讶。

我敲了敲墙，裂缝看起来并不是很深。所以应该要先把另外一些砖拆下来，刮完墙之后再把这些砖重新贴回去。

"我问过一个收藏家，他告诉我，修复的地方要让人看得见。"他支支吾吾地说，"他是我爸爸的朋友。"

他忽然沉默了，背过身去。

他的手在颤抖。

过了一会儿他才重新开口说："不管怎么说，这已经算是不错的状态了，如果真要和这个国家的其他地方相比。"

他的姐姐也说过一样的话。

飞飞

　　要上楼的时候，我在储货室停留了片刻，想找一本绘画簿。

　　飞飞告诉我，他已经开始给这些箱子分门别类了，其中有些箱子确实被搬动过。他还把放明信片的旋转架搬到了一楼的接待处。我们俩搭手搬动了一些东西，终于找出一本绘画簿，还有一些彩色铅笔和马克笔。

　　他说自己还意外发现了一箱客人丢下的东西。

　　"简直不敢相信，有人会带着那些东西出门旅游，然后就直接丢掉，完全不后悔。"

　　他在箱子里翻动着。

　　"结婚证、夹方糖用的银镊子、护照、不动产买卖协议、戒指——只有一只，上面还刻着名字缩写 LL。"

　　他把戒指递给我，好让我看得清楚些，一边还说他在找另一只戒指，但一无所获。

　　"这说明他们把戒指摘下来的时候并没有待在一块儿。"

　　这时，他忽然想起了自己想跟我说的话。

"这儿没准有工具。你需要什么工具，我记得你好像提过？"

我说了几样，顺便说明了它们能派上什么用场，我最后提到的工具是刨子。

他皱起眉头，像是要解开什么谜团。

"我觉得这儿可能找不到你说的那些东西。你要不要自己看一眼？"

我看了看自己周围。

货架最高处那个发光的袋子里装的是灯泡吗？是的。旅馆里无人入住的房间都还没有更换灯泡。袋子后面有个长长的东西，被塑料纸包裹着。我把它拿下来，递给年轻人。这个东西看起来不堪一击，但拿在手里挺沉的。他小心翼翼地把它放到地上，我们俩盯着它看了几秒，然后便把胶带揭下来，摊开包装纸。我们屏着呼吸。一个花瓶出现在眼前。是玻璃瓶，透着冰冷的蓝光，上面有镀金的图案，和房间地板上的图饰一样，只不过缩小了。我在那一瞬间觉得，这是个真正的古董。

"它原来在这里！"年轻人说，"我们终于找到它了。它从市立博物馆消失好久了。我们还以为它被卖到国外去了。"

他把瓶子重新包回塑料纸里，然后像抱着新生儿那样把它抱在怀里。

然后他看了看我挑选出来的货品。

"我也不太清楚这些东西到底是什么价格。"他说。

迟疑了片刻，他又说："我会记到你的账单里……"

但他立刻又改口了："我会把它们从你的酬劳里扣掉。"

渊面黑暗[①]

    干活儿的时候，我把绘画簿和彩色铅笔放在房间里的书桌上，但是亚当好像没看见它们。他不想画画，而是更喜欢摆弄工具。他像阵龙卷风一样从我面前跑过去，挺直身子站在工具箱前。他拿起了螺丝刀，因为他知道，又到了我们男人挽起袖子开始工作的时间。

    "约纳斯先生。"

    他学会了我的名字。

    他妈妈把他领到桌子前，在椅子上放了个坐垫，拿来一张画纸，放到他跟前，然后向他提问。我猜，她正在问他想要什么颜色，因为她打开了彩色铅笔的盒子，把蓝色的那支拿给他。他立刻把铅笔丢到地上。她又递给他另一个颜色，他同样丢到了地上，然后把铅笔盒推得远远的。

    他生气了。

    他今天一点儿也不想画什么天空中的太阳，也不想画彩虹。

---

①《圣经·创世记》1:2，参考和合本译法。

他妈妈让他一个人在角落里赌气，过了一会儿，她有事得离开，便叫了他。

他摇了摇头。

她跟他说了几句，我猜是在试着说服他，但他一动不动。

"他想和你待在一块儿。"她说。

"没问题。我都可以当他的祖父了。"

我立刻意识到需要做些解释。

"我的女儿和你的年纪差不多。"我说。

"他可能不会跟你说话。"她看起来有点担心。

"那我们俩就都不说话。"

居德伦会说："你太孤僻了。"

"我不会离开太久的，最多一个小时。"

"别担心。"

他的妈妈刚关上门离开，他就从椅子上蹦起来，扑到螺丝刀跟前。

"别着急。"

我坐到书桌前，想让他明白，我要开始画画了。

他远远地站在那里，观察着我，脸上写着不满。

要画什么？

我拿紫色的铅笔画了个正方形，然后又拿红色的笔在正方形上面画了个三角形。这样就是一座有屋顶的房子。这时，他忽然朝桌子冲过来，一把抓过画纸，把它撕成两半丢到地上，一脚踩了上去。

他递给我一支黑色的铅笔。我没有权利用彩色铅笔。

"好，"我说，"我们今天就只用黑色的铅笔。"

我重新撕了张画纸，用黑色铅笔又画了个房子。然后在房子里画了一把椅子。这个小不点儿用疑惑的眼神看着我。我又画了一把椅子，然后画了其他的家具。

他慢慢地靠过来，悄无声息，直到站在我背后，越过我的肩膀看着画纸。

房子画完了，我在里面又画了几个人，一个男人、一个女人，还有两个小孩，一个小男孩一个小女孩。这时他突然爬进床底下，我只能看见他的帽子，但并没有说什么。当我在他这个年纪的时候，我总是喜欢自己一个人待着。

他从床底下出来的时候，我给他倒了杯水。他喝完之后，径直朝书桌走去，爬到椅子上，抓起黑色铅笔在纸上画起了一根很长的线条。然后是第二条、第三条，直到纸张的中间出现了一团黑色。我看着他。这张纸被黑色填满后，他把它撕碎，丢到地上。然后我给了他一张新的纸。他盯着铅笔盒，犹豫了片刻，最后抓起红色铅笔开始对纸张发起新的进攻。在完成之前，他一次也没有抬起头。这次的画作和刚才的一样，只是颜色变成了红色。世界变成了燃烧的火盆。

我点了点头。

他把铅笔盒推开，像是宣告他今天的活儿已经干完了，然后在工具箱前一动不动。他想干真正的活儿。他在告诉我，他办得到。

琳波

这天晚上，我又去了一次琳波餐厅。一般来说，连续两天的主菜都是一样的，但是这一次老板给了我两个选择。

"我们把菜单扩充了一下，"他说，"是要汤饺，还是和昨晚一样的蔬菜炖肉？"

我选了汤饺。

我发现了一个特点，他和这个城市里的其他居民一样，说话的时候喜欢说"我们"。不过我从来没有在餐厅里见过其他的员工或者客人。

汤饺很快端上来了。热汤里可以看见好几样不同的饺子。

老板和上次一样，在我进餐的时候，他就站在桌子前，把一条毛巾搭在肩膀上。然后他又开始自言自语了。先是提到了我在旅馆干的活儿，然后是他听说我和那个女演员聊了几句，再来是有人看见我去了足球场，还有我去海滩的时候并没有走小路。

他接下来提到的事情是他发现我剃胡子了。他还注意到我穿的是和上次一样的红色衬衣，于是他在思考我是不是缺少替换的衣服。

他说自己和街尾那家服装店的老板关系不错，可以帮我跟他说一声。

"问题就在于，他看起来像是关店了，但又不是真的关门大吉了。"他说。

服装店老板有个小的储货间，不过得先给他打个电话，好让他把货整理出来。需要几件？衬衫？还要什么吗？皮带？

另外，如果我需要一套西装的话，他还认识一个朋友的朋友的朋友，可以用比较好的布料帮我量身定做一套。他自己就有一件定做的外套。他身上穿着衬衫，那件外套就用衣架正挂在门口刚进来的衣帽间里。他走去把外套拿来穿上，然后让我看了看内里，里边的口袋里有一把左轮手枪。他很快又脱掉外套，把它挂了回去。

"一觉醒来的时候发现自己一个人也没杀过，真是件让人愉快的事情。"他边说边整理了一下外套。

他思忖了片刻，又说了一句："谁知道休战是不是会一直持续下去呢？"

我看见墙上有一张照片，是一对新人。婚礼应该就是在这里举行的。我想不起来我和居德伦结婚时有没有照片了。我们俩是在一场寒冷的春雨里结婚的，她穿了条天蓝色的露肩裙子，太漂亮了。

我跟老板问起了这张照片。

"是我女儿。"他说完便转过身去，拿肩上的毛巾擦拭眼角。

随后，他又继续聊起了我的一举一动。除了去海滩散步之外，他还知道我在帮寂静旅馆的那对姐弟干修修补补的活儿。

我不置可否。

"我们听说你有黑色的胶布，而且你什么都能修……"

很显然，他在等待我肯定他说的话。他还听说我修好了灯。

"这说明你对电工也在行，不只是管道修理。"

"都只是暂时应付问题而已。"我说。

汤饺吃完之后，他端来咖啡，然后搬了张椅子坐到我对面。他希望我能帮他干活儿，随即又提起了先前说过的腰门。

"两边都能开的那种门。"他重复了一遍。

他似乎又努力画了一张新的图纸，重新设计了门的样式。

"我标了尺寸。"他说。

他用手臂把桌子上的面包屑扫到地上，然后从胸前的口袋里取出一张纸，小心翼翼地展开，平摊在我的面前。这一次，设计图是立体的，潦草地写满了各种数字。

就像他说的一样，设计图确实改良过了。

"就像我们也要改良菜单一样。"他补充了一句。

我问他，找到工具了吗？他说自己正在努力。

"你能再跟我说一遍需要什么工具吗？"他谨慎地问了一句。从他的表情看来，我觉得他还没有搞清楚我想要的东西。于是我把纸张转过来，想要在上面画点东西。他担心我会毁了他的设计稿，便给我拿了张新的纸，我用那支印着"寂静旅馆"的圆珠笔给他画了几样工具大概的样子。

他点了点头，随后也画了起来。

在他画画的时间里，我环视了四周，没有看见那只猫。

老板把纸推到我面前。他画的看起来像是一把管钳子和一大卷透明胶带。"这是漏水的洗碗槽。"他补充了一句。

他说我下次来的时候，菜单上会有梅干酱炖肉。

"传统料理，是我祖母的拿手菜。"

他再一次用毛巾擦了擦自己的眼角。离开前，我把钱放在桌子上，然后告诉他，我需要两件衬衫。

隔天晚上，衬衫就送来了，它们折好放在桌上。一件是白色的，方格纹，那图案有点儿像擦手巾，看起来像是银行家们会穿的款式。另一件则是粉红色的。

地是空虚混沌^①

小男孩准备开始这一天的工作了。他坐到桌子前，打开绘画簿。

接下来的好几天，他一张又一张地画着同样的图，有时候是黑色的，有时候是红色的。那本绘画簿跟着他从一个房间换到另一个房间，他总是立刻走向书桌，爬到椅子上，毫不迟疑地开始自己的画作。那些图就像是幼童乱涂的字迹，像火盆，像喷发的火苗。还有黑暗。夜里，他把绘画簿带回自己的房间，也拿走了黑色和红色的铅笔。他从来不碰其他颜色。

第四天，他在纸张的正中间画了一条线，正好横穿而过。毫无疑问，那是一条地平线。接下来，他在横线的上面画了个圈，那几乎是个完美的圆圈，简直像是用圆规画出来的。世界就这样一分为二，这张纸上还是只有两个颜色，太阳黑得像墨，而下半部分的大地却仍然是个火盆。

后来，黑色和红色的铅笔只剩下一点点，到最后就一点不剩了。

他需要丰富自己的色彩了。男孩去找来一张新的纸，然后把整盒铅笔倒出来，仔细地看着它们，找寻着满意的色彩。他最先选择的是蓝色，他用它画了个小圆。我和他妈妈站在一块儿，看着一个新世界诞生。男孩几乎趴在纸上，他用肩膀挡住了我们的视线，并不想让我们盯着他看。好一会儿他都没有抬起头，始终沉浸在绘画里。当他终于站起来的时候，圆圈上多了四条小小的线。看得出来，那是个有胳膊有腿的小人儿。

"我。"他说。

"他。"她做了翻译。

男孩又对铅笔研究了一番，伸手抓了橙色铅笔，很快又画了个圈，比第一个要大一些。他给这个圆也加了四条线，两条横的，两条竖的：他画了另一个人，一个更高大的人，把画纸都要填满了。我们等着，他终于开口说："是妈妈。"

这幅画还没有画完，他又画了几条更小的线，像是光线，他数了一遍自己的十根手指，小心翼翼地画完了那些线。画上的两个人手牵着手。

他创作了两个人，一个小孩儿，一个高大的女人，他们沐浴在温暖的阳光下。这是世界的第一天。

他看着自己的画，觉得它棒极了。

他的妈妈朝我笑了。我越是想要忘记她是个女人，我就越意识到她是女人。

天亮了

男孩通常不会跑太远。

"你看见亚当了吗？"梅伊突然问我。她坐着，身体前倾，正在看一堆写满了数字的纸。我猜那是账目表。

男孩正围着自己的妈妈转，然后忽然之间就消失了，像蒸发了一样。

"他刚才还在这里的。"

她跑到走廊里，喊着男孩。我放下手里的螺丝刀，跟在她身后。

"喊他名字不是个好办法，"她说道，"他不会回答的。"

她拉开走廊里一个橱柜的门。

"他有时候会躲在这里。上次我是在一堆毛巾和毯子后面发现他的。"

我们一个一个房间地找过去，她说自己总是担心会失去亚当。她打开一扇扇房门，然后迅速地往里面环视一圈，我们还到浴室去看了一眼，也看看衣柜和床底。

"他会躲在桌子底下、床底下，或者是藏在壁橱里。"她解释，

"他不停地找新的藏身之处，我很担心他会卡在什么东西里面，然后自己没办法出来。"

她跪到地上，看了床底。

站起来的时候，她理了理自己的衣服。

"他没有和飞飞在一块儿，我有点儿搞不懂。"

我们找完了两层楼，最后她来到那个穿豹纹皮鞋的男人房门前，敲了敲门。

她示意让我留在走廊里。

"稍等，"她说，"我自己来。"

我站到远一些的地方，过了会儿，那个男人开门了。我听见她先为自己的打扰说了抱歉，然后问他有没有见到一个小男孩。她儿子可能会跑来找他。他们交谈了几句，她忽然走进房间里，从我的视线里消失了。我听见他们还在交谈，梅伊声音低沉，但说得很快，我听不清楚她说的是什么。

不多时，她出来了，手里拉着小男孩。嘴边有一圈褐色的痕迹。

"他跟他待在一起，"她说这话的时候，神色严肃，"他给他吃巧克力。"她又解释了一句。

随后，她轻声说："谢谢你帮我的忙。"

她咬了咬嘴唇。她害怕，不仅仅害怕亚当出事，还担心自己的弟弟。"年轻人总是喜欢跑到森林里，但很少有人愿意去给他们收尸。"这个年轻的女人也说到了"年轻人"这几个字，就像我八十三岁的妈妈一样。

这对母子回自己的房间后，我去敲了邻居房客的门。

"您不要再靠近那个男孩了。"我说。

他看着我，笑了笑。

"你看上那个女孩了？我还以为你对那个女明星有兴趣呢。"

我并不想回他的话，但他暗示我他还有事情想跟我聊聊，他一直在观察我。

"聊点事情。"

然后他立刻切入重点，问我有没有看过马赛克墙，没等我回答，他就又开口了，让我给他干活儿。

"帮我弄点东西。"

"什么东西？"

他喝了一口杯子里的东西。

"那些你已经见过的东西。大家都愿意相信你这样沐浴在良心光辉里的人。"

我和其他人一样，去爱、去哭泣、去忍受痛苦

我成了寂静旅馆的一员，也拿到了一串钥匙。

飞飞把我找去，给了我这串钥匙。

"因为你也在旅馆里工作了，我们觉得你也应该有一把钥匙。"

而作为工作的报酬，我可以在旅馆无限期地住下去，早、午餐免费，还可以到储货间去拿我需要的东西——前提是我想要的东西还有货，飞飞是这么说的。我也可以把家人带来这里，这是梅伊说的。中午的时候，飞飞准备的午饭有时是汤，有时是煎蛋卷，而晚上的时候，我一般到街尾的餐厅吃晚饭。最近这段时间，因为我开始帮老板干点小活儿，所以也不需要付餐钱了。不知道为什么，从上周开始，他不再提起腰门的事情。吃完饭回旅馆后，我就读书。昨天我读完了伊丽莎白·毕肖普的《寒冷的春天》，开始读起屠格涅夫①的《父与子》。我每天都去浴池，看飞飞在那里忙活，偶尔给他一些建议。

~~~~~~~~~~~~~~~~~~~~~~~~~~~~~~~~~~~~

① 屠格涅夫（Tourgueniev, 1818—1883），俄国现实主义小说家、诗人、剧作家。代表作《猎人笔记》《父与子》等。

　　"用旁观者的视角来打量事物挺好的。"他昨天对我说道，随后又提到，觉得自己没准应该去上一些相关的课程，好好地学点东西。

　　梅伊和我则每天修整一个房间，我们是团队合作。但她同时还得照顾儿子。

　　她有时候会停下来看我干活儿。当我抬起头时，会发现她正从镜子里看着我。一旦发现我知道她正在观察我，她就立刻把眼神移开。有时候，她会在话说到一半的时候停下。她眼神迷离地看着某处，我就知道她又在想别的事情了。这样的情况下，她的思绪仿佛完全停住了，盯着某个角落，眼神里空荡荡的。过了一会儿，她回过神："抱歉，我刚刚在想事情。"

　　还有的时候，她会像不认识我一样看着我，像是正在努力分辨，在她那满是尘埃的黑白世界里，我究竟属于哪一隅。直到她又一次认识我，如此重复无数次。

　　我们正在一起铺床，我帮她把床单铺开，然后把四个角压到床垫下面，她直视我的眼睛，对我说道："没有人会来这里度假。"

　　我挺直身子，站在床的这边，她在另一边。

　　她想知道，除了帮她铺床单，我来这里究竟要干什么。

　　如果我们两个人坐下来，这个穿粉红色球鞋的年轻女人和我，坐下来好好对比身上的疤痕，比较我们受伤的身体，然后从头到脚数一数，我们究竟为了伤疤缝过几针，她肯定会赢得这个比赛。我的疤痕简直不值一提，让人觉得可笑。就算我还有一个尚未愈合的伤口，她也一样是胜利的那个人。

"没有人会毫无理由地跑来这里。"她又说了一遍。

这和我那个穿豹纹皮鞋的邻居说过的话一模一样，我已经好几天没有看见他了。他不是说自己来这个国家是因为有些生意要做吗？

"这个世界上有很多像你这样的人，你们一点也不懂生活。"我最后一次碰到邻居的时候，他对我说了这句话。

我自己也开始有点搞不明白为什么要来这里了。

但我还是开口说："我来这里是为了寻找死亡。"

她直直地看着我。

"您生病了吗，还是……"

"没有。"

她在等我的解释。

"怎么寻找死亡？"

"自杀。但我还没有决定怎么自杀。"

"我明白了。"

我并不清楚她明白了什么。

我该告诉她，这个世界上有些人因为无法再忍受发生的事情所以想要去死吗？这肯定会是这两个星期时间里，我说过的最长的句子。

"您为什么不待在家里？"

她没有问我死在雪山之中是不是会更好。

"我不想让我女儿看见我的死亡。"

"但如果是我就没关系了吗？您觉得让我看见没关系是吗？"

"对不起。我并不知道会遇到你们，你和你儿子。我没有料到这一点。那时候我还不认识你。"我觉得自己说的每一个字都那么无趣。

面对眼前这个除了生命已经一无所有的女孩，我没办法告诉她自己失去了什么。难道我能跟她说，因为生命的进程和我预想的不一样？我最后说道："我和其他人一样，去爱、去哭泣、去忍受痛苦。"或许她理解我了，她回答道："我明白你说的。"

"我不开心。"我说。

算上到妈妈那里去的那一次，这是我第二次说出这句话。

"我不知道该做什么。"我又说。

我仿佛听见妈妈的话音：每一种痛苦都是独一无二的，都是特别的，我们是没有办法把它们拿来对比的。而幸福，也是同样的道理……

梅伊盯着地板。

"亚当的爸爸是个经济学家，他还参加了一个爵士乐团。亚当出生在一栋陌生房子的地下室里，那时候只有我们两个人，他爸爸和我。我们都哭了。他爸爸说，这么漂亮的一个天使从天上落到我们怀里。"

她沉默了片刻，走到窗户边，才继续说："他在足球场被射杀了，我们根本没办法靠近他。甚至连帮他收尸都做不到，因为他就躺在一个枪声不断的地方。我们没办法把他带回来，没办法给他擦洗身体，也没办法埋葬他。我们只能用望远镜看他，看见血从他裤腿和大衣的袖子里流出来。我们觉得他死了，但是隔天早上，他的姿势变了。一开始，他是仰面躺着，但是隔天的时候，他侧着身，那天晚上他朝着球门的方向挪动了几米。我从来不知道一个人身上有这么多血。三天之后他才死去。最后他再也动不了了，我们看着他一点一点烂在衣裤里，直到我们必须逃亡的时候，不得不把他丢在了那里。"

"对不起。"我又说了一次。

我该告诉她吗？告诉她，我没有办法理解我自己，才会把事情弄得越来越糟。

她坐在椅子上，我走过去，坐在她旁边。

"悲伤就像喉咙里的一块碎玻璃。"她说。

"我不想死。至少没有想要立刻就死。"

我也可以说，别担心，因为我不知道怎么去死。妈妈也不知道。或者我也可以告诉她，告诉这个目睹过枪林弹雨的年轻女孩，我已经不是十天之前的那个我了，甚至不是昨晚的那个我。我在变动之中。

"爸爸，你知道人身上的细胞每七年就会全部更新一次吗？"莲曾经这么对我说。

"人总是在变化之中，不是吗？在永恒的更新之中，对吧？"站在港口的时候，斯瓦纽问道，我们站在怒吼的绿色海洋边，那里有很多捕鲸的渔船，还有载游客去看鲸鱼的游船。

"我们出生，我们去爱，忍受痛苦，然后死亡。"她喃喃自语。

"我明白。"我说。

"我的许多朋友从没有机会去爱，"她说，"只有忍受痛苦和死亡。"

我点头。

"就算不知道今天还是明天会子弹射中，也不要停止去爱。"

她起身，站在窗户旁，背对着我。她的肩胛高高地将衬衫耸起。

"我们三个人，紧紧地靠在一起。飞飞、亚当和我，我们想活下去，不然就一起死。我们谁也不想被丢下。"

男孩一直坐在桌子前，用我从储货间找到的红色珍珠摆出心形，这时候，他从椅子上下来，走到他妈妈身旁站住了。他伸手抓住妈妈的手，他们两个人站在那里，看着窗外。他明白自己的妈妈很悲伤。他时不时地看看妈妈，或者转过头看看我。我听见他咕哝着什么，像在问问题。他想要一个答案。他想知道发生了什么。

"你知道血凝固的时候会变成黑色吗？"她最后说这话的时候，眼睛始终望着窗外的海。

我应该跟她说，在等待曙光重新来临的时候，她可以躲在我的翅翼之下吗？

我走到她身边，对她说："你已经做得非常好了。"

她转过身来，手里始终拉着亚当，光线给她蒙上了一圈光晕，阳光之中，尘埃正在飞舞。

"生而为人，"她说，"我们都要竭尽所能。"

洪水就与洪水响应①

消息传开了，大家都在说我帮旅馆的姐弟干了些活儿，城里的其他一些居民就找上门来，大多数是女人，她们希望我能帮她们修修东西，或者帮个忙。最近几天，这类的请求变得越来越多：这天早上，旅馆的前台有五条留给我的信息。年轻人把几张折好的纸递给我，他说自己已经把大家的请求都写下来了。大多数的问题是水龙头流出红色的水、堵塞的洗涤槽、漏水的管道、没法点燃的炉灶，还有其他一些家用电器的问题。

我知道上哪儿去找自动开关，但是却没有其他的零部件：电线、开关、金属线，各类五金物件，等等。

她们还问我会不会修理洗碗机，是不是能帮忙修电脑。甚至在城市的另一头，还有一面镜子等着我去挂起来。

我几乎有求必应，满足了所有人的要求，除了那个拿着手电筒到下水道里去的请求。

---

① 化用《圣经·诗篇》42：7"深渊就与深渊响应，你的波浪洪涛漫过我身"一句。

我打开的第一张字条开头是这么写的：你好，修理先生。

大家都这么叫我。

"人们都说您可以修理任何东西，"年轻人说道，"大家还叫你奇迹先生。"

"大家误会了，"我对他说，"再说了，都是一些临时性的修修补补而已。"

我一再重复说明自己不是水电工，但是大家都听不进去。这里没有电工，没有木匠，没有管道工人，也没有泥瓦匠。

"我们这里几乎没有人能处理电路问题，"飞飞说，"很多人觉得你只帮女人们的忙很不公平，"他说这话的时候眼睛没有看我，"我只是让你知道一下。啊，对了，琳波餐厅打电话来了。他们想告诉你，今晚的菜单里有猪血香肠。"

红

尽管我不太确定自己能不能搞定，但我还是鼓起勇气提醒梅伊，房间需要重新上漆了。

"这些房间的墙壁都需要重新粉刷。"

她关掉吸尘器。

"什么颜色都行，只要不刷成红色就好。"

她说的话让我有点儿意外。墙壁上没有贴树叶纹路墙纸的部分原本是淡蓝色的。

我建议保留原来的颜色。

"鲜血已经流遍这个国家，打仗的时候，马路上甚至有鲜血积成的水坑，每个脚印都是血腥的颜色，血就沿着车道流淌着，天空中落下来的雨水也是红色的，连河水都被血液染红了。"她的声音宛如做报告一般，单调而冷漠。说话的时候，她一直盯着淡蓝色的墙壁。

"我们把红油漆都倒进炸弹在马路上留下的坑里，它们变成一朵朵红色的玫瑰。我们国家已经没有红色的油漆了。"她说道。

我沉默不语。

"可能还剩一些涂料，"她说着转头看我，"但是要拿到油漆，可能得找人。"

她站在房间的正中央，深吸了一口气，继续说道："人的肉体是如此脆弱，皮肤能轻易被割裂，内脏会被子弹打得支离破碎，骨头会被石块砸断，四肢会被玻璃割断。"她用一种苍白的语调喃喃自语。

"没事了，没事了。"我就像在跟一个怕黑的孩子说话。

"到心脏的距离是如此之短。"她说。

"没事了，没事了……"我把她拥入怀中。

房门开着。就在这个时候，我发现小男孩站在门边，他看看我，又看看他妈妈。他刚刚到地下室去帮他舅舅了，给他递瓷砖，或者帮忙搬砂浆。他现在回来了。我松开梅伊，转过头去。仿佛我只能微微地感受到自己的躯体，但我明确地感受到另一个人的身躯和轮廓。

小男孩冲到他妈妈身旁。

我本想说几句话，最后却开口问她："你们打算搬进去的那个房子，那个女人之家，在什么地方？"

她之前已经和我提过好几次这个房子，她和一些女性朋友正在努力地收拾整理，打算之后搬进去住在一起。一共有七位女人，如果我没有记错的话，还有三个孩子。还有飞飞。

她望着我，异常认真地盯着我的脸，仿佛不认识我。不论是于我而言，还是对他人而言，我都是个陌生人。

"如果你同意的话，我想去看一眼。"我又说道。

她沉默了好一会儿。

"你很幸运，因为你从来没有杀过人。"她终于开口轻声说道。

女人之家

　　那栋房子在市中心的另一边，在我们去那里的路上，梅伊跟我说，即将住进去的这些女人总是从一个地方流浪到另一个地方，目前都住在临时的居所里。她们一无所有，仅有的财产最多就是一个皮箱。

　　"她们其中的一位手里有这栋房子的房产证，她邀请大家和她住在一起。所以我们有七个女人、三个孩子。然后是我弟弟。这样一来，算是有两个男人了——舅舅和外甥，一个二十岁，另一个五岁，是从战争中幸存下来的。等到游客们回来了，"梅伊说，"有几个女人会帮我们把旅馆好好经营起来。"

　　这是一栋孤零零的房子，三层楼高，位于马路斜坡的高处。它四周的其他建筑物都已经被轰炸得面目全非。房前的草地已经荒废了，整栋房子爬满了常青藤。梅伊说，她们知道其中一个女人的堂兄会过来帮忙修整，不过大家已经好长一段时间没有听到他的消息了。

　　"如果他已经离开这个国家了，我也觉得没什么奇怪的。"她说。

花园被高高的围墙围起来，我看见里面有块地方可以用来搭建一个儿童游乐场。所有的玻璃窗都被打碎了，但是第一眼看过去，整个建筑的情况好像还不错。这座房子的墙完好无损，屋外的土地也出乎意料没有被破坏得太严重。但是屋里的情况不太好，没有水、没有电，也没有供暖。水管和下水道都要接入附近的区域网络才行，可是这栋楼似乎已经被城市的重建计划排除在外了。

"我们正在争取让他们把它纳进去。"梅伊说。

房子里没有任何家具，但其中某个房间的地板上有块床垫，这说明有人在这里逗留过。我觉得简单翻修这座房子也不是太难，只不过需要很多工具和材料。因为需要把水引进来，还要处理排污和电路铺设问题。偷偷地改造一番，我们可以暂时连上电路，然后就可以开始最紧迫的修缮工作。首先要把碎玻璃全部换掉，这样才能防止动物和雨水入侵屋内。我仔细查看了门框和窗棂，它们都完好无损。

"我非常想帮你们——你们几位女士，"我说道，"我可以做些修补，但没办法全部搞定。"

我和梅伊在一楼，我刚刚量了窗户的尺寸，她似乎有心事。

"在你碰到我的其他朋友之前，我有几句话想先告诉你，"她靠在墙上，说道，"就像我们从不谈论过去自己做了什么，所以我们也不问其他人过去经历了什么。"

"我明白。"

我觉得她内心纷乱不堪。

"不要问一个男人他杀了多少人，也不要问一个女人她被多少男人强暴过。"

"别担心，"我说，"我什么都不问。"

"看见孩子的时候，也不要猜测他的妈妈是不是被敌军士兵强奸了，才生下这个孩子。"

"我当然不这样想。"

她拨开一绺发丝，用发卡别住。

"战争的时候，所有的女人都遭受了暴力。"她说这话的时候没看我。

我心想，她还这么年轻，已经见过这么多，经历了这么多。

"士兵登堂入室之前是不会敲门的。"

"是啊。"

她又拨了拨自己的头发。

"活下去的唯一办法，就是假装生活已经回到了正轨，仿佛一切都很好，假装没有看见灾难。"

梅伊时不时伸手去触摸自己的珍珠耳环，好像在确认它们是不是还在那儿。

我说耳环很美。

"是妈妈留给我的。"她低声说道。

她似乎要开口再说点什么，但她忽然停住了。她在犹豫。

"虽然心里充满恐惧，但我还是记得星辰和夜空。也还记得月亮。"

这个国度失去了一切，无论是好的还是坏的

回到旅馆后，我撕下笔记本最后一页，把那栋房子的待办维修事项和我需要的东西写下来。

隔壁的房客回来了。我去敲了 9 号房间的门。

他一打开门，还没等他邀请我进去，我就把手里的清单递给他了。

他说自己确实认识一些这个地方的人物。他的问题是，我要拿什么作为给他的回报。

"没有回报。"

"没有回报？事情可不能这么做啊。我帮了你的忙，你也得帮我。"

"这次不行。你这次帮忙没有回报，就是图个快乐。"

"要遵守游戏规则。"

"你去跟你那些当官的大人物朋友解释一下，不然他们很快就要被一群女人反对了。"

这句话让他有点儿惊讶。

"你希望我去跟我的朋友们解释一下，否则他们会被一群女人反对？"

他重复了我的话。我觉得这说明他开始认真思考这件事情了。

"那栋房子没有被纳入重建范围之内。没准儿有些人并不希望你来搅局他们的事情。你打算要修理整个国家吗？就凭你那个小电钻和黑色胶布吗？你真的觉得自己能把一个支离破碎的世界重新黏合起来吗？"

这些话让我想起自己的童年时代，我曾经打碎了一个镶金边带花纹的盘子，后来我把它粘起来了。把所有的碎片重新拼在一起，是一件神圣的工作，而且我做到了。所以几天之后，当妈妈把它丢掉时，我感到无比震惊。

这个男人接着说道："只靠你那卷胶布，世界不会变得更好的。"

留言往来

两天后，前台有给我的留言。年轻人递给我一张折好的字条。

　　下水道系统已经开始动工。

在回复中，我写了窗户的尺寸和需要的玻璃数量。
他隔天就给了答复。

　　周一发货。

这样一来我就可以修理窗户了。
整个星期，我们就这样互相给对方留言。

　　板材到货了。

最后一条留言写着：那块地已经排雷完毕（花园没问题了）。

别触碰我

　　飞飞在浴池那里，亚当也在，正在帮他从一堆身躯的碎片里找出那丢失的三个乳房。那时候我和梅伊正在搬一张橱柜。她突然问我："你结婚了吗？"

　　"离婚了。"

　　"有其他孩子吗？我记得你提过一个女孩儿。"

　　"只有她一个。"

　　"她几岁了？"

　　"二十六岁。"

　　我几乎还没有意识到自己说了什么，就已经告诉她，莲不是我的女儿。

　　"实话说，莲不是我真正的女儿。"

　　我试着再解释了几句："我跟她没有血缘关系，我不是她的血亲。"

　　我的脑海里思忖着整个词："血亲"。

　　"你单身多久了？"

　　"六个月。"

如果她问我觉得自己孤独已经多久了，我会告诉她，八年零五个月。

她接下来的问题立刻提到了这一点："你觉得孤独吗？"

"有时候会。"

她慢慢靠近我，几乎要贴到我面前。

"你不再渴望感受另一个身体的温暖吗？"

片刻之后，我说："已经很久了。"

"有多久？"

"很久很久了。"

"超过两年了吗？"

我该说实话吗？

我深深地吸了一口气。

"八年零五个月。"

我可以再加上更精确的数字：零十一天。

她靠近我，仿佛一轮满月。

我该跟她坦白吗？告诉她，我已经不知道该怎么做了？还是告诉她我害怕了？

我犹豫了。

"你和我女儿的年纪一样大。"

"我比她大一些。也比你大。我已经两百岁了，早就看尽了一切。而且，我知道她不属于你，不是你的女儿。"

"不是的，她永远是我的女儿。"

我应该说：世界上只有一个居德伦·莲·约纳斯蒂。

"我不是她。"梅伊说。

我的心在跃动。

"你不是她。"

我试着迅速地在脑海里思考。

"那些年轻的男人呢，那些和你一样年纪的男人？"

"他们不存在。每当我醒来时，看着躺在我身旁的枕边人，我会在心里告诉自己：他杀过人。"

她压低了嗓音，说道："而那正是问题所在。"

我该说什么？

告诉她，我不是她找寻的那个男人？还是告诉她，那个真正属于她的人出现的时候，她会认出他的，因为他会把剑重新熔化，去铸造成用来耕作的犁。我要重新开始干活儿，就像一切都没有发生过。

"我需要一些时间。"我说。

"需要多久？"

这个问题并非不重要，但我忘记了自己的答案。

一个人，是半个人，半头野兽

琳波餐厅的菜单里有一道蔬菜炖肉配面条。我从辣椒和孜然烹饪的面条里把一片月桂挑了出来，放到盘子边上。

老板很快搬来椅子坐到我边上，开始说起话来。他听说我在城里帮妇女们做一些维修的活计。他罗列出来：洗涤槽、电视线路、天线，还有洗碗机，等等。

"所有人都在说，"他告诉我，"大家还说您正在修缮一栋房子。"

他说完沉默了一会儿，气氛有些严肃。

"这是大家说的，或者是类似的事情。"

"没错，她们让我帮个忙。"

我应该告诉他：其实只有一个女人来请我帮忙，然后我就开始动手了。以前我习惯于做这样的事情。

"这会让您树敌的。"

"是吗？"

"是啊，这样做不对，因为您只帮妇女们的忙。而且看起来不太妙，有些人觉得自己被冒犯了。"

他看起来要哭了。

他歇了一会儿才继续说道："您需要把握平衡。这个世界上，也有许多男人需要帮助。尽管很多人根本没有注意到这点……"

他一边站起身收走我的餐盘，一边告诉我，他原本打算建议我吃点杏仁蛋糕。他的话音落在"原本打算"这几个字上，仿佛他眼下已经打消了这个念头。

"我几乎天天为您准备餐点，但您还是拒绝了帮我做一对腰门。"

我把它们忘得一干二净。

"我和您提过很多次了。"

他站着，手里拿着餐盘，然而看起来并不像要走回厨房的样子。

"您也拿到衬衣了，但您还是说自己没办法搞定腰门的事情。"

我思考着。

"因为缺乏材料，不是吗？"

"我已经全都找到了。"

"挂钩和合页都找到了？"

"是的，都找到了。"

"工具呢？"

"我也搞定了。"

我说，他必须付给我报酬。

他朝着天上举起手臂。

"我已经用餐费付给您了。每天一顿免费的餐点。"

我在心里思忖着，他到底有多需要我的帮忙，以及我能够提多

少要求。以物换物是这里的流通方式。我告诉他自己会帮他把腰门
做出来："但是我想要那些工具。"

我把菜单翻过来，在背面画了几个草图。

"我需要一把普通的锯子，还有一台冲击锯。"

螺丝钉

凿子

砂纸

砂浆

刷子和刮刀

他又坐回我面前，也给我写了个清单。把琳波餐厅需要修缮的
东西都写了下来。

我说："最后一点，我想要自己决定菜单。不要老是鸟类和炖
肉。我不想再吃鸽子了。"

说完这些之后，他坚持要和我碰一杯，算是我们俩达成了契约。

我回旅馆的路上，太阳变得通红，已经西斜。

夜里，我梦见一只老鼠在房间里跑来跑去，地上到处落满了破
碎的木料。我认出了一些曾经属于我们——属于我和居德伦的家具，
其中有一把椅子，可以调节高低，那是我亲手做的。

男子气概就是要杀死一只成年动物

安装女人之家的二楼窗户花去了比预计更多的时间，宵禁时刻快到了。暮色降临时，月亮就是我唯一的光源。我总是抬起头，确认它还在那儿。

突然，我觉得周围有其他人。仿佛有人在看着我。似乎响起一阵极轻的脚步声，然后又消失了，这时一个巨大而安静的黑影从我眼前一闪而过。那像是一只动物，某种体型庞大的猫。我想起那个女演员说的话，这是从城里动物园里逃走的某一头猛兽吗？

快要走到旅馆前的那个广场时，我停下脚步，环视四周，但什么都没有发现，没有人影，也没有什么动物。没有任何活着的灵魂。

这时迎面突然冒出一个人，他看起来十分匆忙。一时间我分辨不出他和月亮究竟谁更高大，是月亮在升起，还是这个男人在靠近？月亮躲进了云朵里，他朝我径直走来。但他走到我身旁的时候，说了几句我听不懂的话。他是在提问题吗，还是在跟我确认什么？我还没有来得及回答，一个拳头挥过来，瞬间我已经倒在地上。我又挨了一拳，一阵红色的雨落到了我的身上。一股温热的液体正沿着我的太阳穴往下流淌，那男人仿佛月食一般，或者说，像一台坦克，出现在我眼前。他又踹了我几脚。我闻到一股须后水的味道，混杂着皮革的气息。我心想：要自卫吗，还是要死在这夜色里？突然，他不再打我了，很快地，一阵脚步声远去了，我看见烟头的火光宛如信号灯，摇晃在月球的中央。我听见摩托车发动的声音，嘴里满是血腥味，心里却异常平静。一阵柔软而亲密的感觉掠过我的肩膀。是它。是那只独眼猫，餐厅里的猫。我伸出满是鲜血的手去抚摩它。有黑色的沙尘在我眼旁打转。

我艰难地爬了起来，又一次听见脚步声。有人从旅馆朝我跑来。

"约纳斯先生！"那喊叫声里带着不安。

飞飞跑到我身旁，挽住我的手臂。我觉得很冷，但脑袋里很清楚：如果那位女演员回来要求我和她共度一夜，我一定会毫不犹豫地答应。已经过了一个星期了，她还没有回来。

四

四张沉重的深色面孔正俯视着我，梅伊、飞飞、亚当，还有一个我不认识的女人。

我已经吐过一次，现在恶心的感觉又涌上来了。

"你的头部受到击打，有点儿脑震荡，现在必须给你缝一下额头上的伤口。"那个女人说着，从医药箱里拿出了医用缝针。

"应该要缝上几针。"她又说了一句。

一股橘子的气息冲进我的鼻腔，我转过头，看见小男孩正挨在床边，手里拿着几瓣橘子。他穿了件 T 恤，上面写着"我爱斯德哥尔摩"。他往前挪了一步，把整个身子都压在床沿上，伸手掀开我盖着的被子，认真地看着我。我努力回忆发生了什么。是飞飞把我带回了我的房间。

"嗨。"我试着朝小男孩露出笑容。

他妈妈和他说了几句话，他放开被子。她看着我，脸上还带着明显的慌乱，眼里满是泪水。

"发生了什么事情？是谁打了你？"

我好像回答了什么，但是不太确定。

"没事的。"我说。

我就像一块融化的石头。我和其他人一样，去忍受痛苦。二十一岁的时候，我在日记本里写下这句话，上面还写着：满月。3摄氏度。

我起身的时候，脑海一片剧震，房间里天旋地转，所有东西都像在摇晃，我仿佛正站在山巅俯望大地，各种物件的轮廓都抖动着闪烁光芒，仿佛隔着一层玻璃。

我摇摇晃晃地走到厕所呕吐起来。

等我重新躺回床上，那个陌生女人俯身查看我，拿光照我的眼珠。她让我解开衬衫的扣子，好做进一步检查。梅伊把她的弟弟和儿子拉到房间的角落里，他们站在那儿紧紧地挨在一起，看着这一切。

这个女人问了我一些没头没尾的问题：我叫什么名字，我几岁了；她还让我数自己的手指头。我一只手有五个手指头，另一只手也是五个，和这个城市里的很多人不一样。

"你结婚了吗？"

"结了。嗯，老实说，没有。"

我裸着上身坐在床沿上。

"你结婚了吗？"

"结过。离婚了。"

"有孩子吗？"

"有。或者是……没有。我有个女儿，但她不是我女儿。"

她始终面色温和。

"你的生日是什么时候？"

我记得自己看了看他们，也看了看房间，觉得像跳帧一样，画面断断续续，支离破碎，我等待着这部电影重新回到流畅的播放状态。

"5 月 25 日。"

陌生女人看了一眼梅伊，而她把身子转向自己的弟弟。他们互相看着对方。

"那就是今天。"陌生女人说道。

我伸手拿起我的护照，把它递给了她。她把护照从一只手里拿到另一只手，仔细地查看每一页。

我该做什么？邀请他们参加我的生日派对？

"你有不少擦伤和瘀伤，但没有骨折，说起来你还算挺幸运，"检查完毕之后她说道，"你可以把衬衫穿起来了。"

她合上医药箱，朝我点了点头示意："这朵花儿很漂亮。"

妈妈

"医生来之前，你提到了你的母亲，"梅伊说，"你说，妈妈，妈妈。我听懂了，你喊了好几次。"

我露出疑惑的神色，她低声说："要明白一件事情，不需要把一切事情都弄明白。"

我问她今天是星期几。

"星期一吗？"

"不是。"

"星期二？"

"不是，今天是星期三。"

"我在这里待了多久了？"

"三个星期了。"

我坐了起来，问她城里是不是有个男子合唱团。

她很惊讶。

"有的，"她迟疑了片刻后，回答我，"不过我记得他们人员紧缺，尤其是找不到男高音……"

"我得给我女儿打个电话。"

"你要回去了吗？"

"我不会马上走的。我得把事情做完。"

她笑了。

随后她又想起了其他事情："对了，那栋房子已经接上水了，现在水管里都有水了。事情都在好转。"

如果我问她有什么梦想，她会告诉我吗？她的答案会是什么？是曙光再次闪耀在地平线上吗？

人只能死一次

他们让我使用前台的电话。

电话响了几秒钟，连接起来了。

"爸爸是你吗？你还好吗？"

"是我，我很好。"

她的声音带着哽咽，发现我消失不见，而且还留下一封信之后，她简直要急疯了。

"我根本联系不上你。"

我把手机留在家里的床头柜上。房间的衣柜里完全清空了。

"我把衣服都捐出去了。"

我迟疑了几秒，才说道："我那时觉得已经不需要它们了。"

我试着回想自己在信里写了什么。她很快就告诉我了："你说你要去旅行，但是没说要去哪里，也没说去多久。"

她注意到我的声音有些含糊，又开始担心起来。问我在什么地方，在做什么，什么时候要回去，还问我是不是遇到了什么问题。她强忍着泪水。

"妈妈也非常担心。"她又说道。

我说话的时候声音在颤抖："是吗？你妈妈也很担心吗？"

"没错，妈妈也很担心。她不是不关心你。"她犹豫了几秒，说出了这句话。

莲说她收到了一张明信片，上面印着了马赛克墙的图案，还有旅馆的名字，但是她从网上找到电话打过来，却一直没办法打通。她和她妈妈都非常生气，因为我居然去了这个世界上最危险的国家。

"现在已经不危险了。战争结束了。"

她接过我的话："不管怎么说，还是世界上最危险的国家之一。"

我听见她擤鼻涕的声音。

"到处都是废墟吗？"

"是啊。"

"到处都是地雷？"

"确实是这样没错。"

她要买最早一班飞机的机票吗？她会来找我吗？

电话那头陷入了无边的沉默之中。她在哭泣吗？

我深吸了一口气。

"你妈妈跟我说，你不是我的女儿。我们认识的时候，她有个男朋友。"

我原本应该说："就在我们去山里远足之前。我们以为那次远足是你被孕育的时刻。在松鸡、绵羊和群山的见证之下。"

居德伦对我发誓，她说那次远足之后，她生命中就再也没有其他男人了。

"我知道。我一开始非常愤怒，但现在这已经不重要了。除了你，我没有其他的爸爸。"

"那个人呢？"

"难道我要在二十六岁的时候换一个爸爸吗？你真的要跟我脱离关系吗？真的要抛弃我吗？"

电话里沉默了。

"是因为这件事情你才离开的，对吗？"她终于问了问。

我没有回答。

"为什么我的银行账户里有那么多钱？"

"我把公司卖掉了，想让自己的生活简单一些。"

"你问我过得开不开心的时候，我就觉得有什么事情发生了。"她说道。

"我会在这里再待上一段时间，"我毫不犹豫地说，"我找到了一份工作。"

"工作？"

"是的，算是工作吧。这些事情让我不得不晚些回去。再过几个星期。"

"还要这么久吗？"

"是的，我在帮这里的一些妇女修缮一座房子。"

"一些妇女？"

现在轮到她在重复我说的话了。

"我认识了一个和你差不多年纪的女孩。她有个年纪很小的儿子。"

"她爱上你了吗？"

我迟疑了片刻。

"我不知道，可能吧。"

"那你呢，你爱上她了吗？"

"我跟你说过了，她和你一样大。也可能比你大一点点。"

"你没有回答我的问题。"

"不，那不重要。这里找不到有电钻的修理工。"

"你带着钻子？"

"是的。"

又是一阵沉默，我先开口了："我觉得自己有责任。"

就像斯瓦纽说过的话："有罪过的人，就是那些有能力却不作为的人。"

听见电话那头的呼吸声，我才知道我的女儿还在听着。

"你记得吗，爸爸？我们曾经趴在结了冰的湖面上，一起看冰下面被冻住的那些水草。"

"我记得。"

"你向我保证，你会打电话给我。"

"我保证。"

"生日快乐，爸爸。"她最后说道。

人们很少杀戮，他们只是碌碌死去

我看见一道光从那个男人打开的房门里照射出来。他穿着睡袍在等我。

"没必要把警察卷进来。"那时候我刚吃完飞飞为我准备的豆子汤，正一瘸一拐地往自己的房间走，他一上来就对我这么说。

地板还在转。

旋转。

他说这话的时候显得漫不经心，仿佛是在自言自语。

"你就不想知道为什么你没有被杀掉吗？"

"不想。"

"他们把你认成另一个人了。"

我没有问他那些人把我认成了谁，也没有跟他说，人们把我当成另一个人，这本来就是一件可能发生的事情。我不知道自己将在哪里结束，也不知道自己源于何处。

"你怕死吗？"

"不怕。"

"不对，你是那种宁愿被杀死也不愿杀死别人的人。就算打架的时候，你到最后一刻都不会给对方重击。"

我一句话也没说。

他继续道："如果他们想杀了你，你已经被干掉了。"

孤身一人在这里是当不了承包人的。当你只有一把电钻的时候，无论如何都是拼不过推土机的。

"下水道都铺设完毕了吗？"

"弄完了。这些女士应该好好谢谢你。"

他换了个话题。

"除了这一点，我还挺喜欢你。喜欢你这个人本身。"

他最后说了句拉丁语。

"但我一开始就发现你遇上麻烦了，你太急于逃离自己了。一个男人，没有行李，大家都知道这意味着什么。"

事物的秩序

　　我迅速地浏览了自己的最后一本日记本。最后的纸页上，散落了很多没有日期的句子。每页纸上都只有一句话。

　　公元 525 年真的紧接在公元 524 年之后吗？

　　再往后翻两页，我写道：并不是所有事情都会按照顺序发生。

　　接下来是好几页空白。然后突然出现了一句：一切都会发生，就算那些我们并不期待的事情也一样。

　　这天夜里，有人来敲我的门，那敲门声从低处传来。开门后，我看见亚当站在走廊里，他妈妈站在他身后。

　　梅伊微笑着递给我一块蛋糕。

　　"生日快乐，约纳斯先生。"小男孩开口说道。

　　"他练习了好几遍。"她说。

　　我把窗帘拉起来，但光线还是从缝隙里透了进来，在地板上投下一块长方形的光斑，白色的光影就落在那些地砖上。

　　小男孩递给我一幅画，上面是三棵枝繁叶茂的大树，树顶是橘色的，正沐浴在绿色的阳光下。

　　"这是森林。"她说。

　　他们俩站在落下的阳光中央，而且，这对母子也正好站在地砖的迷宫之上。

云里落下咸的泪

我醒来的时候头痛欲裂，身上也到处酸痛。我盖着被单，忽然感到一阵湿冷，起了鸡皮疙瘩，仿佛突然之间皮肤上有了无数个感知世界的接收器。

我挪到浴室里，看着镜子里的自己：脸肿了起来，眼眶周围一片乌青。

我打开花洒，在热水下站着，直到热水耗尽。水里有一丝血色。我抚摩自己的身体，关节、肩膀、手腕、膝盖，还有自己的锁骨。肋部有一些丑陋的擦痕，手上也有一些伤口。洗完之后，我从手上的伤口里取出了一些小石子，有几颗豆子大小的碎石。我穿上粉色的衬衣，为了纪念这一天，然后打开了通往阳台的门。天空已然下沉，倾向大地。我伸出手，掌心往高处去——在左手的无名指上，可以看见戒指留下的一道白色痕迹——我把手臂缓缓伸向天空，雨水落在我的伤口上，也落在我粉色的衬衣上，它紧紧地贴住了我胸口的莲花。

我是一具躯体。

我是我的身体。

一只近乎透明的蝴蝶忽然出现，飞舞着落到我的手臂上，扇动自己银色的翅翼。它如此巨大。雨水打在阳台上，发出啪啪的声响。我心里想，女人之家那栋房子现在已经不怕淋雨了。最后那几扇窗户，我已经都换好了。

言必有终

飞飞站在门边，手里抱着一箱书。他头上戴着帽子，帽舌朝着后面。

"我觉得你会想要把这些书留在身边，"他说，"这样就不用每次看完一本就要到地下室去拿新的了。"

他把箱子放在房间的正中央。

"身体恢复的这段时间，你可以好好地阅读这些书。"

我对他说自己已经好得差不多了。

他看着我，脸上是怀疑的神色。

"我觉得你还远远没有好。"

他朝箱子俯下身子，取出一本书来。

"这是一本对话手册，可以学习我们国家的语言，你可能会有兴趣。我推荐你读一读。我们这儿肯定没有人会说你的母语，但又不是所有人都会说英语。"

那本书是专为游客编写的，里面有不同情景之下的对话设计——比如在餐馆点餐，或者是买火车票、邮票，以及在森林里问

路，等等。单词的发音则写在每个句子后面的括号里。里面有一章
的标题是《遇上麻烦了》，我读到了这个句子：

"我迷路了。请问要怎么走回我的旅馆？"

下一句是：

"请等一下，我需要在这本书里找一个合适的句子。"

我继续往下翻，在这一章的最后一页，有这样一个句子：

"这是个误会，我很抱歉。"

最后几章，安排了一个叫"经常遗失的东西"的部分，写了一
个很长的列表：

雨衣

手套

雨伞

眼镜

戒指

护照

钢笔

螺丝刀

最后一项是"你自己"。

我大概每天可以学会五个句子。一周之后，我就能学会三十五个句子。生活所需的词汇量是多少？

我仿佛能听见妈妈说："搞错一个词语的方式是多种多样的，你爸爸就是个例证。"

飞飞说他在收集消息，但还没有人知道是谁打了我。

"有些人觉得你正在替一个人干活儿——那个人好像叫威廉斯。"

各种消息鱼龙混杂，而且互相矛盾。

还有人提到了我帮助过的那些女人。因为我无偿帮她们的忙，所以惹恼了所有人，就像前些日子已经有人跟我说过的那样。

"他们觉得不公平。"飞飞说。

最后，有人说可能是我遇到这个人的时候，因为直视了他的眼睛——我们四目相对，我盯着他的瞳仁，所以让他觉得受到挑衅才会动手打我。

"我们这儿不能这样做。"

"但是在我们那里是没有问题的，"我说，"当我们在路上迎面碰上的时候，我们会直视对方。不然的话怎么会知道是不是认识的人，是不是应该打个招呼？"

飞飞离开前，从格子衬衫胸前的口袋里掏出了一副墨镜递给我。

"我在储货间找到的。"他说。

我试着戴了一下。

它上面还挂着价码牌。

"飞行员型的太阳镜,"他说,"可以挡住你肿起来的眼睛。"

他迟疑了几秒,又说:"我没办法再阅读了。小时候我很爱读书,但是战争开始之后我就再没有阅读过了。"

他在寻找合适的表达。

"一个句子就能炸掉一个村庄,两句话就可以毁掉整个世界。"

他或许想说的是:我已经看见过一切了,我的父亲被一颗子弹射中了脑袋,我的外甥在满是灰尘的地下室里出生。

他把头上的帽子戴好了。

"啊,还有一件事,"他说,"我在浴场里找到了四箱备用瓷砖。"他在想,没准我在帮那些女人修缮那栋房子的时候可以派上用场。

"这栋房子也有你的一份,"我说,"还有亚当。"

"是的……你是在帮女人们、我和亚当修缮它。"

我仍然存在，
我仍然在这里

我打开日记本，迅速地翻过一页页已经写满字迹的纸张，终于翻到最后那几张还有空白的纸页。写在这页纸上的最后一句话，距今已经过去二十七年了：*她将活得比我更久*。我拿起那支印着"寂静旅馆"的圆珠笔，写下"5 月 29 日"。另起一行：*给莲*。

我知道我的母语有三十三个字母，这比大多数语言的字母都要多。我起笔写下这两个句子：

我仍然存在。

我仍然在这里。

我又写道：*我试着弄明白为什么。*

还要写些什么？要描绘天空吗，说我在夜里醒来，黑色的树正在与黑色的天空较劲？月亮比我们故乡的更大？告诉她，我已经开始看镜子里的自己？还是告诉她，我在阅读诗歌？还是说，我在这里吃到的一半东西，以前都从来没有吃过？

我思考着，然后写道：

　　这里的水是红色的，就像你在浴缸里揉洗过一件染了鲜血的衬衣。这一共有二十七个字。然后我又写了九个字：万物都是尘土的灰色。

再下一行：

　　昨天晚上，我吃到了马铃薯炖肉，那些马铃薯很大（就像你祖母每次为了准备烩牛肉而挑选的马铃薯那么大），它们是在没有地雷的土地里种出来的。

最后我写道：我缺了一些螺母。

我又把这句话涂掉了：我缺了一些螺母。

我决定跳过关于零件的部分。

忽然，我发现梅伊站在门边，她问我在写什么。

"你在写故事吗？"

"这么说也没错。"

"发生了什么故事？"

"我还没有想好。"

"有人会死掉吗？"

"只有老人死掉了。所有人都会死，排着队走向死亡。"

"这样很好。"

她放下一条毛巾，然后离开了。就在房门要关上的时候，她说："我已经不再害怕夜晚了。"

我等待世界成形

飞飞说，有人在楼下等我。

是餐厅的老板和打我的人。那人看起来流里流气。他们俩站在放太阳眼镜的架子旁。我还注意到旅馆商店里多了一个老虎气球，昨天气球还不在那里。

"这是个误会。"餐厅老板先开了口。

那个流氓一言不发。他穿了一件皮外套，里面是一件五颜六色的衬衫，还戴了一只耳钉。

餐厅老板把他往前推。

"他说他很抱歉。"老板接着说道。那人脸上阴沉沉的，毫无歉意。

"他不会再这么做了。"

"多谢了。"

"他想给你看一样东西，麻烦你跟他去一趟。"

跟着一个殴打我的人走？钻进七拐八弯的小巷子里？

"不用了，我没什么兴趣。"

"你不会失望的。这是为了弥补这次误会。"

"不必了，我没兴趣，而且我现在很忙。"

这倒是真的。我下楼之前正在读多萝西·帕克①的传记，《如此鲜活的苦难》。

"他能帮你找一些家具，你可以把它们搬到你帮女人修缮的那栋房子里。我记得你说过，她们什么都没有。"

我思考着。那栋房子有三层，要住七个女人、三个孩子，还有一个年轻男孩，确实需要家具。

"你是不是想说点什么？"

"没有。"

"你要考虑看看吗？"

餐厅老板把我拉到壁炉边上，我们俩就站在那幅森林画作下面。从这个角度看，落在画布上的光线是不同的，画面上最前排的那些树仿佛快要枯死了。

"你已经证明了自己是个真正的男人。"他说完拍了拍我的肩膀。

他朝那个流氓的方向轻轻示意了一下，如果我没有看错的话，他正在镜子前试太阳眼镜。飞飞看着我们，但眼睛的余光一直注意着那人。

"他说你一点儿也不怕。"

我迅速地思考着。脑袋上还缝着线。

---

① 多萝西·帕克（Dorothy Parker, 1893—1967），美国女诗人、小说家、编剧。

"要学会原谅。"餐厅老板说道。

他们提到的那个地方原先是个库房，受损严重，现在要被改造成制药厂了。那里面有非常多的家具，都是从废墟和被遗弃的房子里搜集来的。他碰巧认识负责这项工程的人。那里堆积的家具用来布置一栋房子绰绰有余。

"在工程开始之前，我的这位朋友需要把整个库房清空，所以你可以拿走你想要的任何东西。一开始他觉得放把火直接烧掉最简单，但是我这个朋友没有得到市政府的授权。"

他压低嗓音，抓住了我的胳膊。

"我听说那里有一些非常高级的家具，木料很名贵，还有一些带搁脚凳的躺椅。"

我仍然在思考。稍远处，那个流氓还在试太阳眼镜，价码牌在他的鼻梁上晃动着。

"明天早上九点。"我说，"九点我们去那个库房。"

合唱团成员

打我的人隔天早上九点钟准时出现在前台。他身上的衬衫纽扣大开着，露出晒得黝黑的胸膛。他还戴着昨天买下的太阳眼镜，虽然在室内，他也没有摘下来。气氛十分平静，飞飞提出想跟我们一起去，我让他打消念头，跟在这个流氓的身后就出发了。

库房在城郊的地方。前往那里的路上，我的这位向导跟我又说了一遍，那天晚上发生的事情是个误会。

我没有心情和他讨论这个问题，但我告诉他，如果他想要跟我说什么事情的话，应该先把太阳眼镜摘下来。

他立刻照做了。

"你可以叫我宾戈。"他说。

当他拉开库房的大门时，我的眼前出现了一座由家具和各种私人物品堆叠起来的大山，它们全部叠在一起，杂乱无章。

这里有无数完整的生命，我心想。

"这里已经除过雷了。"我们走进去之前，他说道。

这个库房看起来像是某种介于跳蚤市场和家具仓库之间的地方，

存货充足，而且大部分看起来品相还可以，还有一部分要修理也不会太麻烦。给桌子重新做几条桌腿，或者翻新家具，都不是很复杂的事情。这些毕竟都是我的拿手活儿。

"大家要拿它们去烧柴火。"他一边说着，推了推旁边的一个柜子。

他能察觉其实我并不想说话吗？我们待在一起这段时间，我一句话都不想说。

我想要找齐三层楼的家具，先从第一层开始。我挑了一张柚木的餐桌，然后是两把扶手椅。接下来我开始寻找能够和餐桌搭配的椅子。

"我们得找一辆货车。"我说道，这时候我又挑出一张桌子、一个台灯和一个落地灯。

我在心里计算着需要多少张床，设想着家具应该摆在什么地方。

宾戈说他会去找一辆货车，还有个朋友也会来帮忙搬运。

他帮我把几个衣柜和一张婴儿床搬到库房的大门边，那里已经放了许多家具。这个人默默地服从我的指挥。他显然早已习惯服从他人的命令。我终于找到了足够数量的床，但床垫几乎都破损不堪，需要到其他地方再找找。至于床单、被套之类的用具，梅伊说旅馆里有些旧品，可以拿到女人之家去用。我在库房里转来转去，对着家具指指点点：这个，这个，还有这个；这张书桌，还有那边那张办公椅。我还挑了几辆自行车。

他拿起一个鸟笼，我摇了摇头。

"还有这些家具，是住在这里的外国人逃走时留下来的。"我的向导说着话，瘫坐在一把扶手椅里，把脚跷在一张桌子上。

他说的是一把看起来非常古典的椅子，但我没有开口，只是示意他站起来。

我走到库房最里面的地方，寻找另一个衣柜，这时我看见一张图案精美的地毯，盖在某样东西上面，我把地毯掀开，发现下面是许多桶油漆，而且还是未开封的。

宾戈跟在我身后，他整个人惊呆了。

"这肯定是从建材店里找来的，我们这里早就找不到库存的油漆了，"他说道，"如果早点知道，我们肯定把它们都卖了。"

他掏出一把小刀，打开了其中一桶。

我把其他的油漆都搬到一起，一桶一桶地打开了。

"这一桶，这桶，还有这桶。"我说着，他把它们都搬到门边的家具那里。

我还需要清漆。

"我需要砂纸、刷子和清漆。"

这样一来，下个星期我就可以开始刷地板漆的工作了。

他趴在地上仔细地研究那些油漆，念念有词，像是在读桶身上的说明。这时候，我找到了四卷有树叶图案的墙纸。

准备离开的时候，宾戈正要关上大门，我忽然看见一台唱片机。它就在门边，放在一张桌子下面的地板上，第一眼看过去，它应该还是好的。我把盖子拿起来。五年的战争里，这个国家历经空袭，连满街的沥青都融化了，尸横遍野，这支唱针却完好无损。我看了看周围，发现旁边有个纸箱子，里面装满了各式各样的唱片。我迅速地翻了翻，发现里面有一些玛丽亚·卡拉斯[1]和毕约林[2]的稀有唱片，还有弗兰茨·李斯特[3]的《死之舞》、拉赫玛尼诺夫[4]的《帕格尼尼主题狂想曲》，此外还有大卫·鲍伊的好几张唱片：*Liza Jane*、*Can't Help Thinking About*、*Me Never Let Me Down* 等。我取下其中一张唱片的外封，唱片没有一点划痕。

我示意宾戈，我要把这台唱片机搬回旅馆，让他帮我搬那箱唱片。

"明天我带那些女人来。"我对他说。

我们还需要一些厨房用具，也需要更多的家具。她们需要一个书柜吗？

宾戈很认真地执行我的命令。他抱着箱子走在我前面，步伐缓慢。他走得小心翼翼，时刻注意着，以免弄坏了手里的珍贵货物。回到旅馆之后，我给他指了个位置，让他放下箱子。雨已经不再下了，旅馆入口的地方，摆了一瓶鲜花。

"战争开始之前，我在一个合唱团里唱歌。"宾戈站在门阶上，突然说道，"我是男中音。"

---

① 玛丽亚·卡拉斯（Maria Callas，1923—1977），美籍希腊女高音歌唱家。

② 毕约林（Jussi Björling，1911—1960），瑞典男高音歌唱家。

③ 弗兰茨·李斯特（Franz Liszt，1811—1886），匈牙利著名作曲家、钢琴家、指挥家。

④ 拉赫玛尼诺夫（Sergei Vassilievitch Rachmaninoff，1873—1943），俄罗斯古典音乐作曲家、指挥家、钢琴家。

　　这个时候，我想起了梅伊说过的话：这里的每个男人都杀过人。

　　"嗯，我以前也在合唱团里唱歌，"我说，"我就是在合唱团遇到我妻子的，不过现在她已经是我前妻了。"

　　我还可以告诉他：那时候的我，并不是真的活着。

　　但是如果他反问我："那你现在真正活着了吗？"我该怎么回答？

奶与蜜之地[①]

飞飞有几个消息。都是好消息。

"有人预定我们旅馆的房间了!"他说,"有生意了,而且是三单。不过是下个月的订单。"

还有另外一个好消息,他跟我提过的那几位考古学家再过两个星期就要来了。

"他们确定了时间,然后预定了房间。我觉得,一切都在重新运转起来。"

他站在电脑后边,身上一半制服一半便服:白色衬衫,打了领带,但是穿了一条破破的牛仔裤,脚上是运动鞋。

"看上半身就好了。"他跟我解释了自己的穿着。

他还告诉我,梅伊的一个朋友以后要负责旅馆的厨房,餐厅很快就要重新开放了。

"都是我姐姐安排的。"

[①] 典出《圣经》,也称"迦南地",上帝许诺给亚伯拉罕子孙(希伯来人)的土地。

为了庆祝今天的好消息，梅伊的这个朋友正在做牛肉料理，马上就可以做好。

"终于可以不吃我煮的豆子汤了。"飞飞又说了一句。

他把电脑屏幕朝我转过来，我看见他正在更新网站，战争爆发之后，这还是头一次。

"我们要重点宣传旅馆的浴场和每个房间的独特设计。你觉得呢？"

"很好。"

他想听听我对其他事情的意见。因为他们的姑妈不打算再回来了，所以他和梅伊打算给旅馆换个名字。他们目前有两三个想法。

要叫蓝色海岸旅馆吗？还是叫天涯海角？或者是失落的乐园？

"你觉得呢？"

"为什么不保留寂静旅馆的名字？"

一段漫长的沉默。

"没错，或许我们应该好好感受这份寂静。"他一边说着，一边把滑下来的耳机重新戴好。

眼睑之上，闪耀的天空

十二天过去了，那位女演员回来了。

和她在走廊里碰面的时候，我察觉了自己身上的一阵战栗，仿佛我刚刚翻越过一道带电网的篱笆。我看着她。她神色严肃，像是遭遇了挫折。我问她："旅途还顺利吗？"

"全变成废墟了。有人生活过的地方，所有的建筑都被炸毁了。"

我的下巴肿起来了，眼眶上像涂了黑油，眉骨的位置上还有白色药膏。

她看得忧心忡忡。

"我听说有人打了你。"

"是啊，可能有人不乐意让我来这个地方度假。"

她缓缓地抬起手臂，像是要抚摩我的伤口。她的手在半空中停了一会儿，就在我的面前，仿佛要抚摩我的脸庞，但她随后把手又放下了。

"不用担心，"我说，"打我的人以前是合唱团的成员。"

她看着我，像要努力解开一个谜团。

"我还听说你在帮助这里的女人们。消息总是传得很快。"

"是，我帮她们修补一下房子。"

她深吸了一口气。

"每个人都失去了某个人，丈夫、父亲、兄弟或者儿子。孩子们则是失去了父亲或者兄长。活下来的人失去了一只胳膊、一条腿，或者身体的某个部分。"她说道。

"你找到拍纪录片的地点了吗？"

"女人们总是很谨慎，她们不愿意谈自己经历的事情，也不接受采访。她们太疲惫了，她们在努力地搞清楚究竟发生了什么。"

她沉默了片刻。

"但是新的一代人会成长起来，然后他们会把这一切都忘得一干二净。再然后，危险重新来临，他们会发动新的战争。"

她又叹了口气。

"不出十年，够一代人成长了。"

她的话语变得遥远，连声音都变了，仿佛已经筋疲力尽。

"到最后，这里最多的是贪图利益的人，而不是士兵。这些人就像一个私人军队，像一个保证社会治安的公司那样运作着。这些人直接参与到战斗中去，没有这样的私人军队，谁也打不赢一场战争。他们就像巨人那样庞大。他们生产军队，提供雇佣兵，在战争结束之后负责重建。而现在，他们开始生产药物，开起药店。人们饱受头疼的侵袭，他们就卖给人们阿司匹林。他们还口口声声说，没有人会觉得痛苦。"

"这是剧本？"

她没有回答这个问题，只是告诉我，她已经做完了想做的事情。

"我明天就走了。"她说，直视着我的眼睛，"这是我在这里的最后一天。"

她笑了。

她对我笑了。

最后一天也就意味着这是最后一夜。

"今晚，我想来找你。"我毫不犹豫地说出口。

肉体的外衣

我看了眼镜子里的自己，摸了摸自己的头发，然后关上了身后的门。

她的房间是 11 号，在走廊的尽头。

她站在我面前，把床罩从床上扯下来，但没有折起来。屋外传来鸽子咕咕的叫声。

脱去长裤之后，我把袜子也脱掉了，这一切发生得非常迅速。我解开自己红色衬衫的第一颗扣子，露出皮肤。衬衫之下，有一朵白色的睡莲，睡莲之下，是我跳动的心脏。我又解开两颗纽扣，她也解开了自己的衣服。我脱去短裤，此刻在她面前，我已全然赤裸。床铺上方的那幅森林画作里，黑色的树林中，猎人撑开弓，他的箭已经瞄准了猎豹。我似乎看见了一条迂回曲折的小路，延伸到画作之外去了。我朝她伸出自己的手，往前一步，我们之间隔着三块木板的距离。只要再往前一步，我们将会触及彼此的肌肤。我们手指交错，生命线贴着生命线，血脉贴着血脉。我旋即察觉自己的动脉中血流汹涌，我的膝盖和胳膊迎来一阵悸动；我感觉到血液在所有的器官中奔腾。我触摸了她的锁骨。

"这是一朵花吗？"她把手掌放在我的胸口。

我吸了一口气。

旋即，我轻轻地将它呼出。

钢腿有限公司

我打电话给莲,一接通就直奔主题。我打电话的时候,飞飞在一旁捣鼓电脑。

"他还……"我努力回想着女儿前男友的名字,"弗洛斯蒂还在义肢公司工作吗?"

我跟她解释,我碰到了一位负责对地雷爆炸伤者进行康复训练的体疗医生。这位体疗医生也是要住进女人之家的其中一员,是梅伊介绍我们认识的。

"这里的大多数人在战争里都失去了一位家人。"我说。

"我知道。"

"体疗医生还告诉我,她接待的人里,有些是被人故意砍断了腿,但他们还是装着假肢,坚持走到她那里去做康复训练。"

我继续说:"我需要十四个人的义肢。"

"什么?"

"一个七岁的男孩,一个十一岁的女孩,一个十四岁的少年,一个二十一岁的年轻女孩,还有几个三四十岁的男人。"

需要一个详细的清单，我会去问清楚尺寸，然后把数据都寄给她。

说完之后，我沉默了片刻："不过，这笔钱我得先跟你借。"

电话那头沉默了，过了一会儿，她说："爸爸，你是不是没那么快回来？"

"我不能现在就回去。你去看奶奶了吗？"

她压低嗓门，我敢肯定她换了个地方说话："我现在就在奶奶这里。"

她忽然说："等一下！"

随后我听见她提高嗓音，对她奶奶说了几句话，像在解释什么。

时间缓缓过去，我有点儿担心电话费。

"爸爸，奶奶想跟你说句话。"

她把电话递给了她奶奶。

"你好，我是居德伦·斯特拉·约纳斯蒂·斯奈兰。"

"妈妈，是我。"

"莲告诉我你去旅行了。你出国了吗？你把各项事情都安排妥当了吗？"

"我觉得没有问题。"

"你那边天气怎么样？国外的气候总是和我们不一样。"

"下雨了。"

"在打仗吗？"

"没有，战争结束了。"

"犯下罪行的人走了，总是无辜的人在受难。"

"是，妈妈，我明白。"

"我和你爸爸在度蜜月的时候，去看过一个战争博物馆，没有比这更浪漫的事情了。"

"你和我说过。"

接下来，她提到一直拍打她窗户的树枝，我也还记得。

"你得帮我把它锯掉。你爸爸的锯子你还留着吧？"

忽然之间，我想起妈妈在厨房地毯上跳舞的画面。她穿了一件带小圆点的长衬衫，放起了一张唱片。我看着她。我的手臂打了石膏，用绷带挂在脖子上，那时候我从学校里请了几天假，家里只有我和妈妈。她那时候放的是哪一张唱片？是小理查德①的吗？她想让我看看，大家跳舞的时候是怎么扭动身体的，她抓住我没有受伤的手，我的脚上只穿了袜子。

莲接过话筒。

"你相信一见钟情吗？"

"为什么这么问？"

"没什么，只不过是昨天的时候，我在银行遇见了一个人。"

她还有其他的事情要告诉我。

"我在想，等你回来之后，我们一起去山里远足吧。我已经买好了登山鞋。这个夏天，我很想睡在夜空下的帐篷里。"

---

① 小理查德（Richard Wayne Penniman，1932— ），美国创作歌手、音乐人。

然后沉默爆发了，仿佛一座山

在我打电话的过程中，飞飞时不时地看我一眼。等到我挂上电话，他似乎有问题想问我。

但他忍住了，只是对我说："他们昨晚又来找另一个客人了。"

"谁来了？找谁？"

"警察。来找住在 9 号房的那个人。他们把他带走了，还给他戴了手铐。"

"发生什么事情了？"

他说，那时候梅伊正在做清洁的工作，亚当也在房间里，他躲进了其中一个衣柜里。当梅伊找到他的时候，同时还发现了一些从黑市买来的艺术品——包括马赛克墙上缺少的那三只乳房。所以她报了警。

"他的罪名应该是走私文物。"

然后他还说了另一件事情。

"我们决定采纳你的意见，保留'寂静旅馆'这个名字。我们还做了这张海报，用三种语言写的。"

他指了指身后那面墙。

宣传海报上写着：世界因寂静而生。

你我之间，几步的距离

梅伊打开门，她穿了一件带纽扣的绿色羊毛开衫。

"这个给你，"我把唱片机递过去，说道，"插上插头就能用。"

"你不是需要时间，"她一开口就对我说，"你只是不想要我。"

我问她可不可以到她房间里，她同意了。

亚当还在床上睡着，嘴巴张着，手掌也是。他身边有一本带插图的识字读本。

她告诉我，学校将在秋季重新开学，他开始学认字了。

给唱片机插上电源之后，我要去把那箱密纹唱片搬过来。

我把 *Ziggy Stardust*① 从纸盒里取出来，放到转盘上。

"我在想，你会不会教我跳舞？"

妈妈是不是已经说过？当枪声停止的时候，人们就会想要跳舞，想要去电影院。

她神色严肃地看了我一会儿，突然笑出声来。

---

① 大卫·鲍伊的歌曲。

我觉得自己需要解释一下。

"我妻子——我前妻——说过，我完全不会跳舞。"

"跳什么样的舞？你是说交谊舞吗？"

"就是那种一个女人和一个男人一起跳的舞。"

我很难说清楚。

"你打算什么时候开始学？"

"现在怎么样？如果你不忙的话。当然，不要把亚当吵醒了。"

"打雷都叫不醒他的。"

她又说："你把手放在这里，我的手在这里，你往前一步，来，我往后一步，然后轮到我往前，你后退……"

我们现在站在地砖的中央，随后我们往窗户边移动。

"想象一下，这是一场旅途。"她说。

"就像这样吗？"

"是，就像这样。我们就像在行走。"

"我们很像。"我说。

"我知道。"她说这话的时候，眼睛没有看我。

她笑了，像在寻找合适的字句："今天早上——已经很久很久了，今天早上，我终于又闻到了青草的味道。"

星辰光芒的到来需要时间

"总有一些太阳的光会比其他光芒更耀眼。"斯瓦纽曾经这样说过。

太阳升起来了,将天空一分为二。再没有一滴血流下来。木地板上,先是出现了一道横的光线,孤零零的一道,随后一道又一道的光芒落下来,在地上变出了一汪光池。

有人来找我的时候,我正在刮胡子。有一通我的电话。飞飞穿着运动长裤,看起来像是刚从被窝里出来。

"对方说是你的女儿。"他说。

听见他的音调,我立刻明白过来,一定是发生了什么事情。

"爸爸,是斯瓦纽。他走到海水里去,有人在沙滩上发现了他的狗,浑身都湿透了。那狗狗跟着他也往海里走,但是后来又返回来了。"

"这个世界上,有人从来不后悔被生下来吗?"斯瓦纽曾经这样问过。"如果有人征求我们的意见,"他那时又说,"我们会不会更希望从未被生下来?"

她告诉我，前一天晚上她去我家里给香芹浇水的时候，遇到了斯瓦纽。

"那时候他正要把一台吸尘器放进自己的旅行挂车里，他发现我的车子声音不太对，就等我停车下来。他觉得是右手边的车轮平衡出了点问题，让我去找人看一眼。然后他还拥抱了我，对我说：女人是人类的未来。我还在想，这是不是他从什么地方引用的一句话。"

6 月 17 日

"嘿!"司机帮我把行李放进后备厢里的时候说道。他建议我坐在副驾驶的位置,"我以前载过你!载你之前我刚刚载完米克·贾格尔!我一看到你,心里就在想:就是他。那个带着工具箱的男人。"

作者的话

在冰岛语中，"Ör"这个单词是"伤疤、疤痕"的意思。这个词既不是阴性，也不是阳性的，而是我们称之为"中性"的第三种词性。这个单词的单复数都是同样的形态，无论是一个疤痕还是许多疤痕，写法都一样。它既可以被用来描述人身体的伤疤，也可以指一个国家、一个景观之中的伤疤，它们或许是战争造成的，也可能是一些人类的建筑造成的。我们每一个人生来都带着一个伤疤，那便是我们的肚脐——它在某种程度上是宇宙之中心。随着年月的增长，我们会增添许多新的疤痕。这部小说[①]的男主角，约纳斯·埃贝内瑟尔，身上有七道疤痕，这是一个接近平均值的数字。这个故事讲述的是，我们如何看进眼睛的深渊，迎战狂暴的野兽，然后活下去。

[①] 小说的冰岛语原版标题即为"Ör"。

图书在版编目（CIP）数据

寂静旅馆 /（冰）奥杜·阿娃·奥拉夫斯多蒂著；
黄可，马城译 . -- 成都：四川文艺出版社，2020.4
　　ISBN 978-7-5411-5672-4

　　Ⅰ. ①寂… Ⅱ. ①奥… ②黄… ③马… Ⅲ. ①长篇小
说—冰岛—现代 Ⅳ. ① I535.45

中国版本图书馆 CIP 数据核字 (2020) 第 032414 号

Ör by Auður Ava Ólafsdóttir
Copyright ©2016 by Auður Ava Ólafsdóttir
Published by arrangement with éditions Zulma, Paris
Simplified Chinese edition arranged through Dakai L'Agence
Simplified Chinese translation copyright © 2020 by Beijing Xiron Books Co., Ltd.
ALL RIGHTS RESERVED

版权登记号：图进字 21-2020-64

JIJING LÜGUAN

寂静旅馆

〔冰〕奥杜·阿娃·奥拉夫斯多蒂　著

黄可　马城　译

出 品 人　张庆宁
策划出品　磨铁图书
责任编辑　陈雪媛
特约监制　魏 玲　冯 倩
产品经理　魏 凡
特约编辑　马怡爽
装帧设计　付诗意
责任校对　汪 平

出版发行　四川文艺出版社（成都市槐树街 2 号）
网　　址　www.scwys.com
电　　话　028-86259287（发行部）　028-86259303（编辑部）
传　　真　028-86259306

邮购地址　成都市槐树街 2 号四川文艺出版社邮购部　610031
印　　刷　三河市冀华印务有限公司
成品尺寸　145mm×210mm　　开　本　32 开
印　　张　7.75　　　　　　　字　数　160 千
版　　次　2020 年 4 月第一版　印　次　2020 年 4 月第一次印刷
书　　号　ISBN 978-7-5411-5672-4
定　　价　45.00 元